세 마리 토끼 잡는 독서 논술

D1

초5~초6

저자: 지에밥 창작연구소_

'지에밥'은 '찐 밥'이라는 뜻을 가진 순우리말로, 감주 · 막걸리 · 인절미 등 각종 음식의 재료를 뜻합니다.
'지에밥 창작연구소'는 차지고 윤기 나는 밥을 짓는 어머니의 정성처럼 좋은 내용으로 세상 모든 사람들에게 넉넉하게 쓰일 수 있는 지혜를 선물하고 싶습니다.

이 책을 쓴 지에밥 연구원들_

강영주(지에밥 창작연구소 소장, 빨간펜 논술, 기탄 국어 등 기획 개발), 김경선(동화작가 및 기획 편집자), 김혜란(동화작가, 아동문학가협회 회원), 왕입분(동화작가 및 기획 편집자), 우현옥(동화작가), 이현정(동화작가), 이혜수(기획 편집자), 이현정(동화작가 및 기획 편집자), 정성란(동화작가), 조은정(동화작가 및 기획 편집자), 최성옥(기획 편집자), 한현주(동화작가), 한화주(동화작가), 홍기운(동화작가 및 기획 편집자)

이 책을 감수한 선생님들_

권영민(서울대학교 국어국문학과 교수), 홍준의(서원대학교 과학교육과 교수), 김병구(숙명여자대학교 의사소통센터 교수), 문영진(전북대학교 국어교육과 교수), 조현일(원광대학교 국어교육과 교수), 김건우(대전대학교 국어국문학과 교수), 유호종(서울대학교 철학박사), 구자송(상암고등학교 국어 교사), 김영근(서울과학고등학교 국어 교사), 최영환(여의도고등학교 국어 교사), 구자관(한성과학고등학교 국어 교사), 윤성원(한성과학고등학교 국어 교사), 장원영(세화고등학교 역사 교사), 박영희(대왕중학교 과학 교사), 심선희(서울고등학교 과학 교사), 한문정(숙명여자고등학교 과학 교사)

세 마리 토끼 잡는 독서 논술 D1권

펴낸날 2023년 10월 25일 개정판 제7쇄
지은이 지에밥 창작연구소 | **연구원** 김지연, 조은정, 이자원, 차혜원, 박수희 | **펴낸이** 주민홍 | **펴낸곳** ㈜NE능률 | **디자인** framewalk | **삽화** 김석류(표시, 캐릭터) | **영업** 한기영, 이경구, 박인규, 정철교, 김남준, 이우현 | **마케팅** 박혜선, 남경진, 이지원, 김여진 | **주소** 서울특별시 마포구 월드컵북로 396(상암동) 누리꿈스퀘어 비즈니스타워 10층(우편번호 03925) | **전화** (02)2014-7114 | **팩스** (02)3142-0356 | **홈페이지** www.nebooks.co.kr | **출판등록** 제1-68호
ISBN 979-11-253-3092-9 | 979-11-253-3114-8 (set)

펴낸날 2012년 3월 1일 1판 1쇄
기획 개발 지에밥 창작연구소 | **디자인 기획 진행** 고정선 | **디자인** 유정아, 박지인, 이가영, 김지희 | **삽화** 오유선, 안준석, 정현정, 윤은하, 김민석, 윤찬진, 정효빈, 김승민

제조년월 2023년 10월 **제조사명** ㈜NE능률 **제조국** 대한민국 **사용 연령** 12~13세

〈세 마리 토끼 잡는 독서 논술〉을 펴내며

하루하루 성장하는 내 아이의 모습을 확인하길 바라며

프랑스의 유명한 정신 분석학자이자 철학자인 라캉은 인간이 성장한다는 것은 '상징계'에 편입되는 것이라고 말했습니다. 그가 말한 상징계란 '언어를 매개로 소통하는 체계'를 의미하는데, 우리가 살아가는 세상 혹은 사회가 바로 그것입니다. 결국 한 아이가 태어나서 정신적으로 성장하는 아동기에서 가장 중요한 것은 언어로 소통하는 능력을 키우는 일입니다. 〈세 마리 토끼 잡는 독서 논술〉은 이와 같은 점에 주목하여 기획하고 구성하였습니다.

첫째, 문자 언어를 비롯하여 그림, 도표 등 다양한 상징체계를 이해하는 과정을 통해 통합적인 언어 이해력을 키울 수 있도록 하였습니다.

둘째, 텍스트 이해력뿐만 아니라 추론 능력, 구성(표현) 능력, 비판적 사고 능력 등을 통합적으로 길러서 여러 가지 문제를 해결하는 데 실질적으로 도움이 될 수 있도록 하였습니다.

셋째, 초등 교육과정의 핵심 내용과 밀접하게 연계되도록 설계하였습니다.

부모님보다 더 훌륭한 스승은 없습니다. 〈세 마리 토끼 잡는 독서 논술〉은 부모님 이외의 다른 어떤 선생님도 필요 없습니다. 이 학습 프로그램을 통해서 하루하루 성장하는 내 아이의 모습을 확인하는 기쁨을 누리시길 바랍니다.

교재의 성격

세 마리 토끼 잡는 독서 논술 이란?

어떤 책인가요?

하나의 주제와 관련된 다양한 글(동화, 시, 수필, 만화, 논설문, 설명문, 전기문 등)을 읽고 통합 교과적인 문제를 풀면서 감각적 언어 능력(작품의 이해와 감상)과 논리적 이해 능력(비문학의 구조, 추론, 적용 등), 국어 지식(어휘, 문법 등), 사회와 과학 내용 등을 통합적으로 익히는 독서 논술 프로그램 학습지입니다.

몇 단계, 몇 권인가요?

〈세 마리 토끼 잡는 독서 논술〉은 다음과 같이 총 5단계, 25권입니다.

단계	P단계	A단계	B단계	C단계	D단계
대상 학년	유아~초등 1년	초등 1년~2년	초등 2년~3년	초등 3년~4년	초등 5년~6년
권 수	5권	5권	5권	5권	5권

세 마리 토끼란?

'독서', '사고', '통합 교과'의 세 가지 영역을 말합니다. 즉, 한 권의 독서 논술 책으로 다양한 장르의 글을 읽을 수 있고, 논술 문제를 풀면서 사고력을 기를 수 있으며, 초등학교 주요 교과 내용과 연계된 문제를 풀면서 통합 교과 학습을 할 수 있습니다.

독서
* 각 단계에 맞게 초등학교의 주요 교과 내용을 주제로 정함.
* 각 권의 주제와 관련된 글을 언어, 사회, 과학 등으로 나누어 읽을 수 있음.

사고
* 언어, 사회, 과학 등과 관련된 다양한 장르의 글을 읽고 논술 문제를 풀면서 생각하는 능력과 생각하는 폭을 확장할 수 있음.

통합 교과
* 다양한 장르의 글을 읽고 초등학교 국어, 사회, 과학 등의 학습 내용과 관련된 문제를 풀면서 통합 교과 학습을 할 수 있음.

세 마리 토끼 잡는 독서논술 이런 점이 다릅니다

초등학교 교과 내용과 긴밀하게 연결되어 있습니다.

각 단계의 권별 내용과 문제는 그 단계에 맞는 학년의 주요 교과 내용과 긴밀하게 연결되어 교과 학습에 도움을 줍니다.

하나의 주제를 통합 교과적으로 접근합니다.

각 권마다 하나의 주제가 있고, 그 주제를 언어, 사회, 과학과 연결시켜서 사고를 확장할 수 있게 하였습니다. 그리고 여러 교과와 연계된 문제를 풀면서 통합 교과적인 사고를 할 수 있습니다.

다양한 서술·논술형 문제를 풀 수 있습니다.

매 페이지마다 통합 교과 논술 문제를 제시하여 생각하는 힘과 표현력을 키울 수 있는 것은 물론 학교 시험에서 강화되고 있는 서술 · 논술형 문제에 대비할 수 있습니다.

다양한 장르의 글을 접할 수 있습니다.

각 주제와 관련된 명작 동화, 창작 동화, 전래 동화, 설화, 설명문, 논설문, 수필, 시, 만화, 전기문 등 다양한 장르의 글을 읽으면서 각 장르의 특성을 체험하며 독서하는 습관을 기를 수 있습니다. 특히 현재 왕성하게 활동하고 있는 여러 동화 작가의 뛰어난 창작 동화가 20여 편 수록되어 있습니다.

수준 높은 그림을 많이 제시하여 흥미롭게 학습할 수 있습니다.

어린이들은 글과 그림이 조화를 이룬 책으로 공부할 때 학습 효과를 높일 수 있습니다. 또한 좋은 그림은 어린이들의 정서 발달에 도움을 줍니다. 이런 점을 생각하여 한 페이지를 넘길 때마다 수준 높은 그림을 제시하여 어린이들이 흥미롭게 학습할 수 있도록 하였습니다.

세 마리 토끼 잡는 독서 논술은 이렇게 구성되었습니다

독서 전 활동 생각 열기

★ 한 주의 학습을 시작하기 전에 주제와 관련된 사진이나 그림을 보고, 앞으로 학습할 내용에 대해 흥미를 가질 수 있도록 하였습니다.

★ '생각 톡톡'의 문제를 풀면서 주제에 대한 자신의 경험이나 평소 생각을 돌이켜 보며 앞으로 학습할 내용을 짐작할 수 있도록 하였습니다.

★ 통합 교과 활동과 이어질 교과서의 연계 교과를 보며 교과 내용을 참고할 수 있도록 하였습니다.

독서 중 활동 깊고 넓게 생각하기

1주 언어

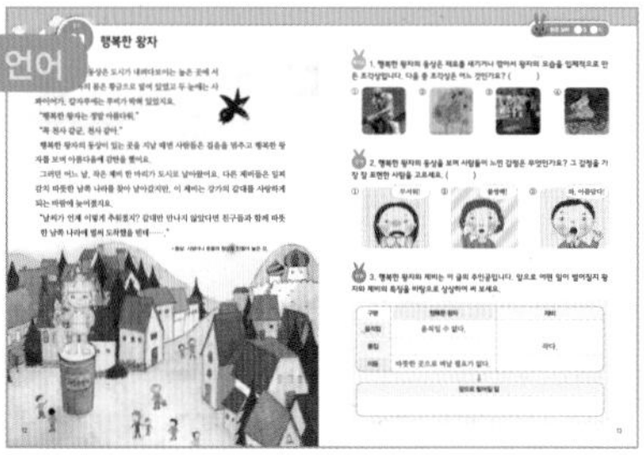

2주 사회

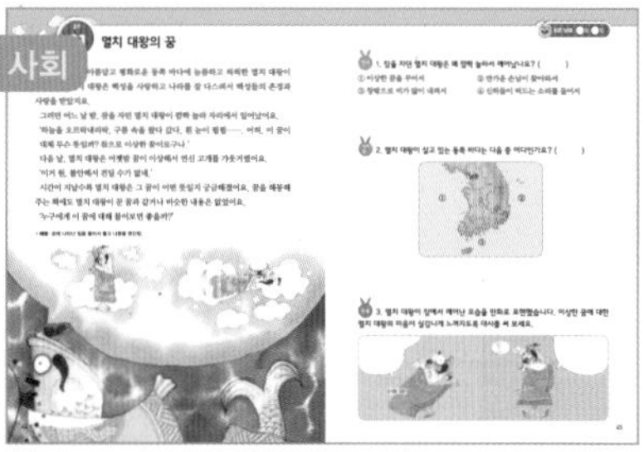

3주 과학

4주 통합 활동/장르별 글쓰기

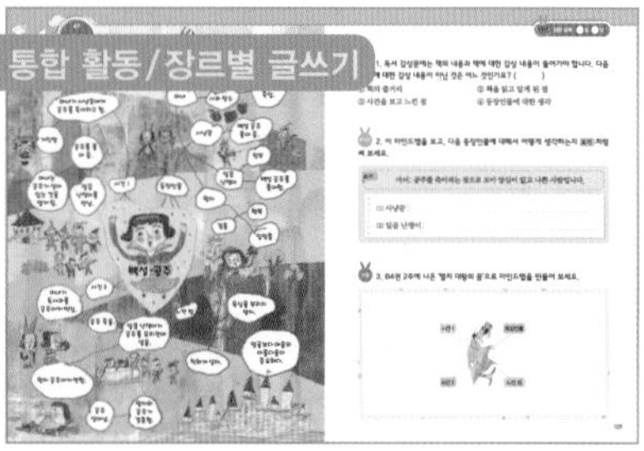

★ 한 권에 하나의 주제가 있고, 그 주제를 언어, 사회, 과학으로 나누어서 다양한 장르의 글을 읽으며 통합 교과 문제와 논술 문제를 풀 수 있도록 구성하였습니다.

★ 1주는 언어, 2주는 사회, 3주는 과학과 관련된 제재로 구성하였고, 4주는 초등 교과에서 다루고 있는 여러 가지 장르별 글쓰기(일기, 동시, 관찰 기록문, 기행문, 독서 감상문, 기사문, 논설문, 설명문, 희곡 등)와 명화 감상, 체험 학습 등의 통합 교과 활동으로 구성하였습니다.

독서 후 활동 생각 정리하기

되돌아봐요

★ 앞에서 읽은 글을 돌이켜 보면서 이야기의 흐름과 중심 생각을 파악하고, 더 나아가 자신의 생각을 발전시키는 문제를 풀 수 있도록 하였습니다. 이를 통해 한 주 동안 읽고 생각한 내용을 머릿속에서 차근차근 정리할 수 있습니다.

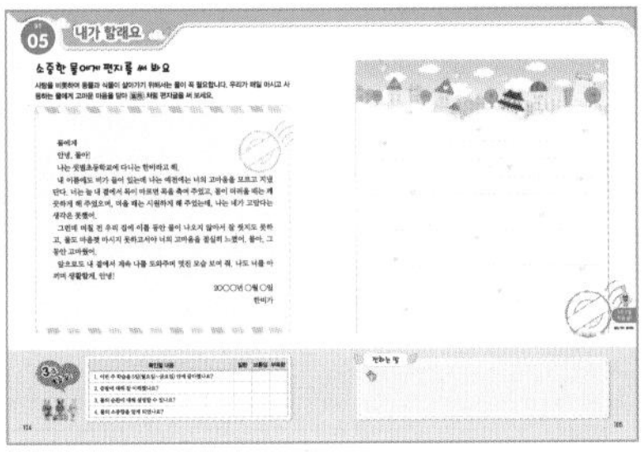

내가 할래요

★ 주제와 관련된 여러 가지 활동을 하며 한 주의 학습을 마무리할 수 있도록 하였습니다. 종이접기, 편지 쓰기, 그림 그리기 등 재미있는 활동을 하며 창의력과 상상력을 키울 수 있습니다.

★ 한 주의 학습이 끝난 다음 체크 리스트를 통해 학습한 주요 내용을 잘 이해하고 적용할 수 있는지 평가할 수 있습니다.

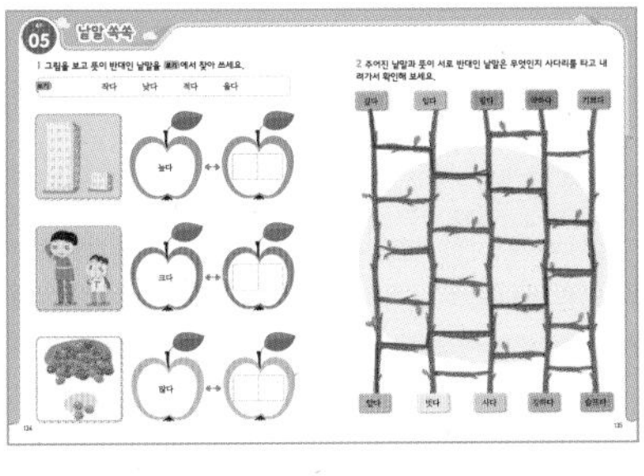

낱말 쏙쏙 (유아 P단계)

★ 한 주 동안 글을 읽으며 새로이 배운 낱말들을 그림과 더불어 살펴보고 익힐 수 있습니다.

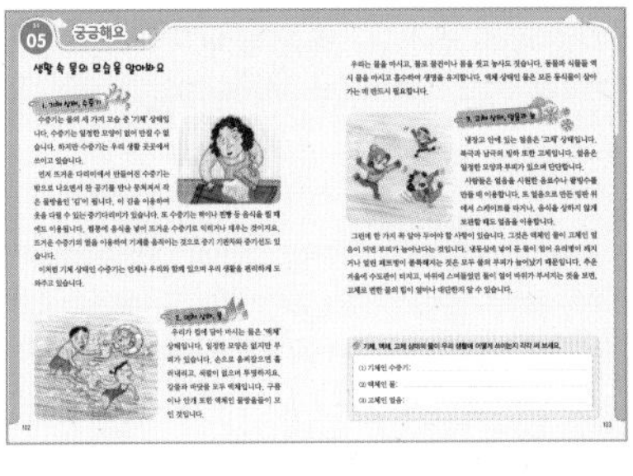

궁금해요 (초등 A~D단계)

★ 한 주 동안 읽은 글이나 주제와 관련된 배경지식을 제공하여 앞에서 학습한 내용을 좀 더 깊이 이해할 수 있습니다.

전 단계 커리큘럼

세 마리 토끼 잡는 독서논술의 커리큘럼

단계	권	주제	제재			
			언어(1주)	사회(2주)	과학(3주)	통합 활동 장르별 글쓰기(4주)
P (유아 ~초1)	1	나의 몸 살피기	뾰족성의 거울 왕비	주먹이	구슬아, 어디로 가니?	몸 튼튼, 마음 튼튼
	2	예절 지키기	여우와 두루미	고양이가 달라졌어요	비비네 집으로 놀러 와!	안녕하세요?
	3	친구와 사귀기	하얀 토끼, 까만 토끼	오성과 한음	내 친구를 자랑합니다!	거꾸로 도깨비 나라
	4	상상의 즐거움	헤라클레스의 모험	용용 죽겠지?	나는야 좋은 바이러스	상상이 날개를 달았어요
	5	정리와 준비의 필요성	지우개야, 고마워!	소가 된 게으름뱅이	개미 때문에, 안 돼~!	색깔아, 모양아! 여기 모여라!
A (초1 ~초2)	1	스스로 하기	내가 해 볼래요!	탈무드로 알아보는 스스로 하는 힘	우리도 스스로 잘 살아요	일기를 써 봐요
	2	가족의 소중함	파랑새	곰이 된 아빠	동물들의 특별한 아기 기르기	편지를 써 봐요
	3	놀이의 즐거움	꼬부랑 할머니와 흰 눈썹 호랑이	한 번도 못 해 본 놀이	동물 친구들도 노는 게 좋대요	머리가 좋아지는 똑똑한 놀이
	4	계절의 멋	하늘 공주가 그린 사계절	눈의 여왕	나뭇잎을 관찰해요	동시를 써 봐요
	5	자연 보호	세모산 솔이	꿀벌 마야의 모험	파브르 곤충기 (송장벌레)	관찰 기록문을 써 봐요
B (초2 ~초3)	1	학교생활	사랑의 학교	섬마을 학교가 좋아졌어요	우리 반 사고뭉치 기동이	소개하는 글을 써 봐요
	2	호기심 과학	불개 이야기	시턴 "동물기" (위대한 통신 비둘기 아노스)	물을 훔쳐 간 범인을 찾아라!	안내하는 글을 써 봐요
	3	여행의 즐거움	하나의 빨간 모자	15소년 표류기	갯벌 탐사 여행	기행문을 써 봐요
	4	즐거운 책 읽기	행복한 왕자	멸치 대왕의 꿈	물의 여행	독서 감상문을 써 봐요
	5	박물관 나들이	민속 박물관에는 팡이가 산다	재미있는 세계 이야기 박물관	과학관으로 놀러 오세요	광고하는 글을 써 봐요

단계	권	주제	제재			
			언어(1주)	사회(2주)	과학(3주)	통합 활동 장르별 글쓰기(4주)
C (초3 ~초4)	1	교통의 발달	자동차의 왕, 헨리 포드	당나귀를 타려다가……	교통수단, 사람들 사이를 잇다	명화 속 교통수단
	2	날씨와 환경	그리스 로마 신화	북극 소년 피터	생활 속 과학	날씨와 생활
	3	나누며 사는 삶	마더 테레사	민들레 국숫집	지진과 화산	주장하는 글을 써 봐요
	4	지역의 자연환경	울산 바위의 유래	우리 마을이 최고야!	아름다운 우리 고장	우리 마을 지도를 그려 봐요
	5	지역의 문화	준치가 메기 된 날	강릉의 딸, 겨레의 어머니 신사임당	우리나라 풀꽃 이야기	지역 특산물을 소개해 봐요
D (초5 ~초6)	1	우리 역사	삼국유사	옛날 사람들은 어떻게 살았을까?	역사를 바꾼 겨레 과학	지붕 없는 박물관, 경주 역사 유적 지구
	2	문화재	반야산 불상의 전설	난중일기	우리 문화에 숨어 있는 과학	설명하는 글은 어떻게 쓸까요?
	3	경제생활	탈무드로 만나는 경제	나눔을 실천한 기업가 유일한	재미있는 확률 이야기	기사문은 어떻게 쓸까요?
	4	정보화 사회	컴퓨터 천재 빌 게이츠	봉수와 파발	컴퓨터와 인터넷 세상	연설문은 어떻게 쓸까요?
	5	세계와 우주	우주를 여행하는 과학자 스티븐 호킹	80일간의 세계 일주	별과 우주	희곡은 어떻게 쓸까요?

세 마리 토끼 잡는 독서 논술 이렇게 공부하세요

자신 있게 학습할 수 있는 단계를 선택하세요.

〈세 마리 토끼 잡는 독서 논술〉은 어린이 개인의 능력에 따라 단계를 선택하여 학습할 수 있는 교재입니다. 학년과 상관없이 자신이 자신 있게 학습할 수 있는 단계부터 선택하는 것이 중요합니다. 너무 어려운 단계나 너무 쉬운 단계를 선택하면 학습에 흥미를 잃을 수 있으므로 주의하세요.

한 주 동안 읽어야 할 독서 자료를 미리 읽으세요.

한 주 동안 읽어야 할 독서 자료를 미리 읽고 전체 내용을 파악한 다음, 매일 3장씩 읽고 문제를 푸는 것이 독서 학습을 하는 데 효과적입니다. 독서에는 흐름이 있습니다. 전체의 흐름을 미리 알고 세부적인 문제를 푸는 것이 사고력 확장에 도움이 됩니다.

매일 3장씩 꾸준히 공부하세요.

'가랑비에 옷이 젖는다.'라는 속담처럼 매일 꾸준히 3장씩 읽고, 생각하고, 표현하다 보면 독서, 사고, 통합 교과적 사고 능력이 성장한다는 것을 느낄 수 있을 것입니다. 그리고 매일 학습을 마친 뒤에는 '1일 학습 끝!' 붙임 딱지를 붙이면서 성취감을 느껴 보세요.

한 주 학습을 마친 후 자기 평가를 해 보세요.

한 주 학습이 끝난 다음에는 체크 리스트를 통해 학습한 내용을 얼마나 이해하고 적용할 수 있는지 스스로 평가해 보세요. 그래서 부족한 부분이 있다면 다시 한번 짚고 넘어가세요.

부모님과 깊이 있는 대화를 나누어 보세요.

한 주 동안 독서 자료를 읽고 문제를 풀면서 생각하고 표현해 보았다면, 그 주제에 대해 부모님과 이야기를 나누어 보세요. 주제에 대해 자신이 새롭게 알게 된 것이나 다르게 생각하게 된 것을 부모님과 이야기하다 보면 생각이 더욱 커진답니다.

한 주 학습표

일	월	화	수	목	금	토

★ 한 주 동안 읽어야 할 독서 자료 미리 읽기

★ 매일 3장씩 학습하기 → '1일 학습 끝!' 붙임 딱지 붙이기 → 한 주 학습이 끝나면 체크 리스트를 보며 평가하기

★ 부족한 부분 되짚기
★ 주요 내용 복습하기

세 마리 토끼 잡는 독서논술

D단계 1권

주제	주	제목	교과 연계 내용
우리 역사	언어(1주)	삼국유사	[국어 6-1] 비유하는 표현을 찾고 속뜻 이해하기
			[사회 5-2] 유물과 유적을 통해 고조선의 청동기 문화 알아보기, 삼국의 성립과 발전 과정 알아보기, 삼국에 전래된 불교에 대해 이해하기
	사회(2주)	옛날 사람들은 어떻게 살았을까?	[사회 5-2] 조선 시대의 농업 기술과 사람들의 생활 알아보기, 조선 시대의 세시 풍속 알아보기
			[사회 6-1] 조선 시대의 농촌 변화와 장시의 성장 알아보기, 서민 문화의 발달 알아보기
	과학(3주)	역사를 바꾼 겨레 과학	[사회 5-2] 고려의 과학 기술과 수준 높은 문화재에 대해 알아보기, 조선의 발전을 위한 세종의 노력 알아보기
			[사회 6-1] 영조, 정조 시기의 사회 발전 모습 알아보기
			[과학 6-2] 지구의 공전에 대해 알아보기
	통합 활동/ 장르별 글쓰기 (4주)	지붕 없는 박물관, 경주 역사 유적 지구	[국어 5-1] 기행문의 특성과 기행문 쓰는 법 알아보기
			[사회 5-2] 삼국 시대 사람들의 생활 모습과 문화 알아보기, 통일 신라 시대 사람들의 생활 모습을 유물과 유적으로 알아보기

1주

삼국유사

"삼국유사"

• 지은이: 일연(1206~1289)
고려 후기의 고승. 고려가 몽골에 항복한 이후 민족의 혼을 되살리기 위해 인각사에서 "삼국유사"를 엮음.

• 작품 설명: 단군 이야기와 같은 신화들을 비롯해 조상 대대로 전해 내려오던 설화, 불교와 민속 신앙에 관한 이야기들을 한데 모은 역사책이에요. "삼국사기"에 비해 비교적 자유로운 형식으로 쓰여졌으며, 고조선, 부여, 가야, 발해 등 역사 속에서 빛을 보지 못한 나라에 관한 기록도 실려 있답니다.

생각톡톡 신라 시대에 김대성이 지은 절로, '부처님의 나라'라는 뜻을 가진 절의 이름을 **보기** 에서 찾아 쓰세요.

보기 강화 참성단 경주 불국사 경주 석굴암

( )

관련교과

[국어 6-1] 비유하는 표현을 찾고 속뜻 이해하기

[사회 5-2] 유물과 유적을 통해 고조선의 청동기 문화 알아보기, 삼국의 성립과 발전 과정 알아보기, 삼국에 전래된 불교에 대해 이해하기

1주

01 하늘과 땅의 자손, 단군왕검

옛날, 하늘 나라를 다스리는 환인에게 환웅이라는 아들이 있었다. 호기심과 인정이 많은 환웅은 늘 인간 세상을 다스리고 싶어 했다. 그런 환웅의 마음을 눈치챈 환인이 어느 날 환웅을 불러 말하였다.

"환웅아! 저 아래 인간 세상을 네가 다스려 보지 않겠느냐?"

"정말이옵니까? 그것이야말로 제가 진심으로 바라던 일입니다."

환인은 기뻐하는 환웅에게 천부인으로 거울, 칼, 방울을 주었다. 천부인은 환웅이 하늘의 아들임을 말해 주는 보물이었다.

"이것을 가지고 가서 인간 세상을 잘 다스리도록 하여라!"

"네, 아바마마! 반드시 인간 세상을 살기 좋은 곳으로 만들겠습니다."

환웅은 바람의 신(풍백), 비의 신(우사), 구름의 신(운사)과 3000명의 무리를 이끌고 태백산 꼭대기에 있는 *신단수 아래로 내려왔다. 그리고 그곳을 신시라 이름 지었다.

환웅은 농사일, 병을 고치는 일, 옳고 그름을 가리는 일 등 360여 가지 일을 보살피고 다스렸다. 바람의 신, 비의 신, 구름의 신이 환웅을 도우니 *신시에는 해마다 풍년이 들었고, 사람들도 다 평화롭게 살았다. 그 소식을 듣고 많은 사람이 신시로 몰려들었다.

* **신단수**: 신성한 박달나무.

* **신시**: 환웅이 태백산 신단수 아래에 세웠다고 전해지는 도시.

사회 탐구 **1. 환웅은 환인으로부터 천부인을 받았습니다. 다음 고조선 유물 중 천부인에 해당하는 물건을 찾아 ○표를 하세요.**

(1)

청동 검
(　　　)

(2)

청동 거울
(　　　)

(3)
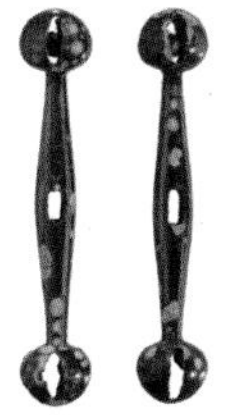
청동 방울
(　　　)

(4)

주먹 도끼
(　　　)

(5)

빗살무늬 토기
(　　　)

사회 탐구 **2. 다음 설명으로 알맞은 것은 무엇인가요? (　　　)**

환웅이 3000명의 무리를 이끌고 내려와 태백산 신단수 아래 세운 도시이며, 고조선의 건국지이다.

① 신시　② 평양　③ 서울　④ 경주　⑤ 전주

논술 **3. 신화는 그 당시의 사회를 반영합니다. 단군 신화도 각각의 비유를 통해 역사적인 해석을 다양하게 할 수 있습니다. 단군 신화에서 다음 내용이 의미하는 것을 보기 와 같이 해석하여 써 보세요.**

보기 환웅이 하늘에서 내려왔다.
→ 새로운 지배자가 다른 곳에서 옮겨 왔다는 것을 의미한다.

• 환웅이 바람, 비, 구름을 다스리는 신을 거느리고 땅으로 내려왔다.

→ ......

동굴 속에서 함께 살고 있던 호랑이와 곰도 신시의 소식을 들었다.

"사람들이 참 부러워. 우리도 사람이 된다면 얼마나 좋을까?"

호랑이와 곰은 용기를 내서 환웅을 찾아가 말했다.

"환웅님! 저희도 사람이 되고 싶습니다."

환웅은 호랑이와 곰에게 쑥 한 줌* 과 마늘 스무 개를 주며 말했다.

"여기 이 쑥과 마늘을 먹으며 100일 동안 햇빛을 보지 않는다면 사람이 될 수 있다. 해낼 수 있겠느냐?"

"네, 사람이 될 수 있다면 어떤 고통도 참아 내겠습니다."

호랑이와 곰은 쑥과 마늘을 받아 들고 깜깜한 동굴 속으로 들어갔다. 하지만 성미가 급한 호랑이는 며칠을 견디지 못하고 그만 굴 밖으로 뛰쳐나가 버렸다.

"더는 못 참아! 이렇게 사람이 되느니 차라리 전처럼 산속을 뛰어다니며 살 테야!"

혼자 남은 곰은 외롭고 힘들었지만 참고 또 참았다.

"참아야 해! 그래야 사람이 될 수 있어."

21일째 되는 날, 곰은 마침내 아름다운 여인으로 변했다. 사람들은 곰이 사람으로 변했다고 해서 그 여인을 '웅녀(熊女)'라고 불렀다.

* **줌**: '주먹'의 줄임말로, 수량을 나타내는 말에 쓰임.

사회 탐구 1. 단군 신화에 나오는 다음 날수와 관계있는 우리의 풍습을 찾아 줄로 이으세요.

(1) 환웅이 호랑이와 곰에게 햇빛을 보지 말라고 한 날수 •

• ㉠ 아기가 태어나면 21일 동안 집 앞에 금줄을 걸어 두고 바깥 사람들이 집 안에 마음대로 드나들지 못하게 하였다.

(2) 곰이 동굴로 들어가 햇빛을 보지 않고 지낸 날수 •

• ㉡ 아기가 출생한 뒤 100일이 되도록 건강하게 잘 자라는 것을 기념하여 백일 사진을 찍고 잔치를 베풀었다.

사회 탐구 2. 곰이 변하여 된 여인의 이름은 무엇인가요? (   )

① 웅담 ② 웅녀 ③ 웅비 ④ 웅진 ⑤ 공주

논술 3. 단군 신화에 나오는 호랑이와 곰은 호랑이와 곰을 숭배하는 부족을 상징하기도 해요. 그렇다면 곰은 사람이 되고 호랑이는 동굴을 뛰쳐나간 것이 의미하는 것을 당시 부족 사회와 연관 지어 써 보세요.

웅녀는 사람으로 살아가는 것이 매우 행복했다. 하지만 아무도 웅녀와 혼인을 해 주지 않았다. 웅녀는 다른 여인들처럼 아이를 낳아 기르고 싶은 마음에 매일 신단수 아래에서 기도했다.

"저도 아이를 낳아 기르고 싶습니다. 아이를 갖게 해 주세요."

환웅은 웅녀의 간절한 바람을 듣고서 사람으로 변해 나타나 말했다.

"내가 너의 소원을 들어줄 테니 나와 혼인을 하자꾸나."

"네, 정말이세요? 정말 제 남편이 되어 주실 건가요?"

웅녀는 뛸 듯이 기뻐했다. 환웅과 혼인한 웅녀는 얼마 뒤 건강한 사내아이를 낳았다. 그 아이가 바로 단군왕검이다.

단군은 현명하고 씩씩하게 자라서 평양성에 도읍을 정하고 나라 이름을 조선이라 하였다. 그 뒤 백악산 아사달로 도읍을 옮겨 나라를 오랫동안 다스렸다.

"나는 하늘의 임금 환인의 손자이며, 환웅의 아들이다. 할아버지와 아버지로부터 이어받은 '홍익인간'*의 정신으로 이 세상을 다스리겠노라."

아사달에서 단군은 1500년 동안 어질게 나라를 다스리다가 1908세에 그곳을 지키는 산신이 되었다고 한다.

* **홍익인간**: 환웅이 이 땅에 내려와 나라를 열게 된 이념으로,
'널리 인간 세계를 이롭게 한다'는 뜻.

1주 1일 학습 끝!

붙임 딱지 붙여요.

사회 탐구 **1. 다음 보기 에서 말하는 우리나라 최초의 국가의 이름은 무엇인가요? (　　　　)**

보기
- 나라를 세운 사람: 단군왕검
- 나라가 세워진 때: 기원전 2333년
- 도읍: 아사달

① 신라　② 발해　③ 백제　④ 고려　⑤ 조선(고조선)

언어 **2. '널리 인간 세계를 이롭게 한다'는 뜻을 가진 단군의 건국 이념을 이 글에서 찾아 쓰세요.**

□□□□

논술 **3. 다음은 단군이 1908세까지 살았다는 것에 대한 친구들의 의견이에요. 여러분은 누구의 의견에 동의하는지 쓰고, 또 그렇게 생각하는 까닭을 써 보세요.**

(1) 이름: ....

(2) 까닭: ....

....

02 평화를 부르는 피리, 만파식적

신라 제31대 신문왕은 삼국 통일을 이루고 돌아가신 아버지 문무왕을 위하여 682년에 동해 바닷가에 절을 지었다. '은혜에 감사하는 절'이라는 뜻에서 절의 이름을 '감은사'라 지었다. 문무왕의 뼈를 장사 지낸 대왕암을 바라보도록 '이견대'라는 누각도 지었다. 감은사 대웅전 돌층계 아래에는 동쪽으로 구멍을 뚫어 두었다. 죽어서 바다의 용이 되어 나라를 지키겠다던 문무왕이 그곳으로 드나들 수 있게 하려는 것이었다.

이듬해 5월 1일, 바닷가를 지키던 파진찬* 박숙청이 급히 신문왕을 찾아와 아뢰었다.

"폐하, 바다에서 작은 산 하나가 솟더니 물결을 따라 왔다 갔다 합니다."

"허허, 참으로 이상하구나."

신문왕은 곧 일관* 김춘질을 불러 점을 쳐 보게 하였다.

"바다의 용이 되신 문무왕과 하늘의 신이 되신 김유신 장군이 이 나라를 지킬 보물을 내려 주시려고 합니다. 바닷가로 나가시면 큰 보물을 얻으실 것입니다."

신문왕은 매우 기뻐하며 바닷가로 나갔다. 이견대에 올라 바다 위를 보니 정말로 작은 산 하나가 둥둥 떠 있는 것이 보였다. 신문왕은 당장 신하에게 명령을 내렸다.

"여봐라! 어서 저 산으로 건너가서 자세히 살펴보고 오너라."

* **파진찬:** 신라 때에 둔 17관등 가운데 넷째 등급. 진골만이 오를 수 있었음.
* **일관:** 삼국 시대에 천문 관측과 길흉을 예측하는 일을 담당한 관원.

사회 탐구 1. 다음 중 문무왕의 업적으로 알맞은 것은 어느 것인가요? (   )

① 황룡사를 세웠다.
② 대가야를 정복하였다.
③ 화랑 제도를 창설하였다.
④ 삼국 통일의 대업을 완수하였다.
⑤ 감은사와 이견대를 완공하였다.

사회 탐구 2. 다음 장소에 대한 설명으로 알맞은 것을 찾아 줄로 이으세요.

(1) 

경주 이견대

(2) 

경주 감은사지

(3) 

경주 문무 대왕릉(대왕암)

㉠ 신문왕이 삼국 통일을 이루고 돌아가신 아버지 문무왕을 위해 682년 동해 바닷가에 지은 절터이다.

㉡ 신문왕이 대왕암을 바라보도록 지은 누각이다. 신문왕이 이 곳에서 용이 된 문무왕을 보았다고 전한다.

㉢ 바다에 있는 큰 바위이다. 바다의 용이 되겠다는 문무왕의 유언에 따라, 문무왕의 유골을 뿌리고 장사를 지낸 곳이다.

논술 3. 문무왕은 죽어서도 나라를 지키는 용이 되겠다고 하였어요. 여러분은 앞으로 나라를 위하여 무슨 일을 하고 싶은지 써 보세요.

신하들이 바다 위에 떠 있는 산을 살펴보고 돌아와 신문왕에게 아뢰었다.

"거북의 머리처럼 생긴 산 위에 대나무 한 그루가 서 있는데, 신기하게도 대나무가 낮에는 둘로 갈라졌다가 밤이 되면 다시 하나로 합하여졌습니다."

"믿을 수 없구나. 내가 내일 직접 가서 살펴보겠노라."

신문왕은 감은사에서 하룻밤을 묵었다. 그런데 이튿날 *오시가 되자 대나무가 합쳐지면서 하늘과 땅이 흔들리고 세찬 비바람이 일기 시작했다. 그렇게 며칠 밤낮이 계속되더니 5월 16일이 되어서야 비로소 날이 개었다. 신문왕이 물을 건너가 산에 오르자, 문무왕과 김유신 장군이 보낸 용이 나타나 왕권의 신성함을 나타내는 검은 *옥대를 공손히 바쳤다.

신문왕은 보물을 고맙게 받아 들고 용에게 한 가지를 물었다.

"이 산의 대나무가 갈라졌다가 합쳐지는 까닭이 무엇이냐?"

"이는 소리로써 천하를 다스리라는 뜻입니다. 대나무가 합쳐졌을 때 왕께서 베어다 피리를 만들어 불면 온 세상이 평화로워질 것입니다."

신문왕은 크게 기뻐하며 대나무를 베어서 육지로 돌아왔다. 그러자 바다 위에 떠 있던 산이 감쪽같이 사라졌다.

* **오시**: 십이시(十二時)의 일곱째 시. 오전 11시부터 오후 1시까지.
* **옥대**: 옥으로 만든 허리띠.

사회 탐구 1. 다음은 하루의 시간을 열둘로 나눈 십이시입니다. 이 글에서 대나무가 하나로 합쳐져 하늘과 땅이 흔들리고 세찬 비바람이 일기 시작한 때를 십이시 시간을 이용해 쓰세요.

( )

자시(오후 11시 ~ 오전 1시)	오시(오전 11시 ~ 오후 1시)
축시(오전 1시 ~ 오전 3시)	미시(오후 1시 ~ 오후 3시)
인시(오전 3시 ~ 오전 5시)	신시(오후 3시 ~ 오후 5시)
묘시(오전 5시 ~ 오전 7시)	유시(오후 5시 ~ 오후 7시)
진시(오전 7시 ~ 오전 9시)	술시(오후 7시 ~ 오후 9시)
사시(오전 9시 ~ 오전 11시)	해시(오후 9시 ~ 오후 11시)

사회 탐구 2. 김유신 장군에 대한 설명으로 알맞은 것은 무엇인가요? ( )

① 거북선을 만든 조선의 장군이다.
② 행주산성에서 왜군을 무찌른 조선의 장군이다.
③ 황산벌에서 신라군과 맞서 싸운 백제의 장군이다.
④ 살수에서 수나라의 대군을 무찌른 고구려의 장군이다.
⑤ 무열왕과 문무왕을 도와 삼국 통일을 이룩한 신라의 장군이다.

논술 3. 문무왕과 김유신 장군이 용을 보내 신문왕에게 보물을 준 까닭을 써 보세요.

이튿날 신문왕은 궁궐로 돌아가던 중, 기림사 서쪽 냇가에서 점심을 먹었다. 그때 태자 이공(효소왕)이 그곳까지 마중을 나왔다. 이공은 용이 준 옥대를 보고 말했다.

"아바마마, 이 옥 장식들은 진짜 용입니다. 옥 장식을 떼어 물에 넣어 보십시오."

태자의 말을 듣고 신문왕이 두 번째 장식을 떼어 시냇물에 넣자 옥 장식이 큰 용으로 변하여 하늘로 솟구쳐 올라갔다. 용이 올라간 자리가 움푹 파여 연못이 되었는데, 용이 올라갔다 하여 사람들이 그곳을 '용연'이라 불렀다.

궁궐로 돌아오자마자 신문왕은 신하들에게 명령을 내렸다.

"베어 온 대나무로 정성껏 피리를 만들도록 하라."

대나무로 만든 피리를 불면 적이 물러가고, 병이 나았으며, 가물 때는 비가 오고, 장마에는 비가 멈추었다. 또 거센 바람이 가라앉고 세찬 물결이 잔잔해졌다. 그래서 피리 이름을 '만파식적(거센 물결을 잠재우는 피리)'이라 짓고, 나라의 보물로 삼아 *월성의 *천존고에 간직하였다.

효소왕 때(693년)에는 신라의 화랑 부례랑이 적군의 포로가 되었는데, 만파식적을 불어 살아 돌아올 수 있었다. 그래서 그 이름을 다시 '만만파파식적(수없이 거센 물결을 잠재우는 피리)'이라 고쳐 불렀다.

* **월성**: 신라 때 경주에 쌓은 반달 모양의 성.
* **천존고**: 신라가 나라의 보물을 보관하던 창고.

사회 탐구 1. 다음에서 말하는 곳이 어디인지 이 글에서 찾아 쓰세요.

신라 도읍인 경주의
월성 안에 있던 창고야. 나라의 소중한
보물들을 보관하던 보물 창고였지.
신문왕 때 국보인 만파식적과
거문고를 이곳에 보관했단다.

□□□

1주 2일 학습 끝!
붙임 딱지 붙여요.

언어 2. 이 글에서 만파식적을 불면 일어난 일이 아닌 것은 어느 것인가요? (   )

① 사람들의 병이 나았다.

② 적군이 물러갔다.

③ 금은보화가 쏟아졌다.

④ 장마에는 비가 멈추었다.

⑤ 거센 바람이 가라앉고 세찬 물결이 잠잠해졌다.

논술 3. 여러분에게 만파식적 같은 피리가 있다면 무엇에 이용할지 써 보세요.

03 불교를 위해 목숨을 바친 이차돈

신라 제23대 법흥왕은 불교를 받아들이고자 노력한 왕이었다.

"옛날 한나라 명제는 꿈을 꾼 뒤 마음이 움직여 동쪽으로부터 불교를 받아들였노라. 그랬기에 지금 중국에서는 많은 사람이 불교를 믿는 것이 아니겠느냐? 나 또한 왕위에 오르며 백성을 위하여 절을 지을 곳을 줄곧 생각해 왔노라."

법흥왕의 말을 듣고 귀족들은 거세게 반대하였다.

"폐하! 신라에는 예부터 전해 내려오는 종교가 있습니다. 어찌하여 다른 나라의 종교를 들여오려고 하십니까?"

"게다가 절을 짓는 데는 엄청난 돈이 듭니다. 그 돈으로 성을 쌓고 무기를 만드는 것이 신라를 위해 더 옳은 일이라고 생각됩니다."

법흥왕은 귀족들의 반대에 홀로 한숨을 내쉬었다.

"아, 내가 덕이 없어 왕위에 올라서도 뜻을 이루지 못하는구나. 이 모두가 백성을 위한 일인데 안타깝도다. 진정 나를 도와줄 사람이 아무도 없단 말인가?"

그때 법흥왕의 마음을 헤아리고 *사인이라는 관직을 맡고 있던 이차돈이 찾아왔다. 이차돈은 대쪽같이 곧은 성품과 호수같이 맑은 뜻을 지닌 사람이었다.

* **사인**: 지금의 대통령 비서에 해당하는 관직.

사회 탐구 **1. 법흥왕이 불교를 받아들이겠다고 했을 때 귀족들이 강력하게 반대한 까닭은 무엇인가요? (   )**

① 나라에 돈이 많다.
② 중국을 따라 하기 싫다.
③ 신라에는 종교가 필요 없다.
④ 백성을 위한다는 말을 믿지 못하겠다.
⑤ 신라에는 전해 내려오는 종교가 있다.

사회 탐구 **2. 법흥왕은 귀족들의 반대 때문에 불교를 받아들이지 못하였어요. 이 사실을 통해 당시의 정치 상황을 잘 짐작한 친구의 이름을 쓰세요.**

(   )

논술 **3. 다음은 삼국 시대 당시 불교의 영향을 정리한 내용이에요. 다음 내용을 참고하여 법흥왕이 불교를 받아들이고자 한 까닭을 써 보세요.**

- 불교를 통해 왕권을 강화하고 국민의 마음을 하나로 모을 수 있었다.
- 중국과 서역의 문화를 전해 받아 우리 민족 고유의 문화로 더 발전시킬 수 있었다.

"폐하! 제가 폐하를 도울 수 있도록 허락하여 주십시오."

"네가 어찌 나를 돕는단 말이냐? 네가 나설 일이 아니니 그만 돌아가라."

"옛날의 어진 임금은 신분이 낮은 사람의 의견에도 귀를 기울였다고 들었습니다. 큰 뜻을 위해 목숨을 바칠 각오로 나왔으니, 부디 제 청을 들어주십시오."

법흥왕은 이차돈의 의지가 굳은 것을 알고 그 말을 들어 보기로 하였다.

"나라를 위해 목숨을 바치는 것은 신하의 도리입니다. 제가 폐하의 명령이라며 신성한 *천경림의 나무를 베어 절을 짓겠나이다. 그러면 폐하의 명령도 없이 제 마음대로 그런 일을 저질렀다는 이유로 제 목을 베십시오. 그렇게 하시면 누구도 감히 폐하의 뜻을 거스르지 못할 것입니다."

"내가 불교를 받아들이고 싶다 한들 어찌 죄 없는 너를 죽일 수 있겠느냐?"

법흥왕이 거절하자 이차돈이 힘 있는 목소리로 아뢰었다.

"폐하! 세상에서 가장 버리기 어려운 것이 자신의 생명입니다. 그러나 제가 죽어 신라에 불교가 일어나고 폐하의 뜻을 펼칠 수 있다면 더 바랄 것이 없겠습니다."

그 말을 듣고 법흥왕의 마음도 움직였다.

"참으로 훌륭한 뜻을 품었구나. 너의 높은 뜻이 역사에 길이 빛날 것이니라."

* **천경림**: 신라 귀족들이 성스럽게 여기던 숲. 신라 귀족들이 믿는 전통 신앙을 상징하던 곳.

사회 탐구 1. 법흥왕의 마음을 헤아리고 찾아와서 불교를 위해 자신의 목숨을 바치겠다고 말한 사람이 누구인지 ◯표를 하세요.

(1) 

이차돈 (   )

(2) 

김유신 (   )

언어 2. 이 글에서 알 수 있는 이차돈의 성격으로 알맞은 것 두 가지를 고르세요.

(   )

① 겁이 많다.
② 이기적이다.
③ 욕심이 많다.
④ 의지가 강하다.
⑤ 충성심이 강하다.

논술 3. 법흥왕은 이차돈의 굳은 의지를 보고 그의 생각을 받아들이기로 마음먹었어요. 여러분이 법흥왕이라면 어떤 결정을 내렸을지 까닭과 함께 써 보세요.

얼마 후 이차돈은 약속대로 천경림에 절을 짓기 시작하였다. 법흥왕의 명령을 받아 절을 짓는다는 소문이 파다했다. 이 소식에 흥분한 신하들은 법흥왕을 찾아왔다.

"폐하, 신성한 천경림에 절을 짓는다는 것은 있을 수 없는 일입니다."

법흥왕은 자신은 그런 명령을 내린 적이 없다며 이차돈을 불러오게 하였다.

"부처님의 뜻에 따라 제가 한 일입니다. 이는 나라에 크게 유익한 일인데 폐하의 명령을 좀 어긴다 한들 무슨 죄가 되겠습니까?"

이차돈의 말에 신하들은 크게 분노하여 외쳤다.

"폐하의 명을 가볍게 여긴 저 죄인의 목을 당장 베십시오."

법흥왕은 신하들의 뜻에 따라 이차돈을 처형하라고 명령하였다.

"부처님이 신령하시다면 제가 죽은 뒤 신기한 일이 일어날 것입니다."

이차돈은 죽음이 눈앞에 다가왔지만 흔들림 없이 이렇게 말하였다.

마침내 옥리*가 칼을 들어 이차돈의 목을 베었다. 그 순간 흰 피가 하늘 높이 솟구치고 하늘이 캄캄해지더니 천둥과 번개가 치고 꽃비가 쏟아져 내렸다. 그 이후로 나라 안에서 불교를 반대하는 사람은 아무도 없었다. 법흥왕은 이차돈의 시신을 북산(금강산) 서쪽 고개에 고이 묻고, '자추사'라는 절을 짓게 하였다.

※ **옥리**: 형벌에 관한 일을 맡아보던 하급 관리.

사회 탐구 **1. 이 글의 내용과 관계가 깊은 신라의 유물에 ○표를 하세요.**

(1)

이차돈 순교비
(　　　)

(2)

서울 북한산
신라 진흥왕 순수비
(　　　)

1주 3일
학습 끝!
붙임 딱지 붙여요.

사회 탐구 **2. 다음은 삼국이 불교를 받아들인 것에 대해 정리한 것입니다. 빈칸에 들어갈 왕의 이름을 이 글에서 찾아 쓰세요.**

고구려	372년 소수림왕 때 중국 전진의 왕이 보낸 승려 순도와 아도를 통해 불교를 받아들였다.
백제	384년 침류왕 때 중국 동진에서 마라난타가 들어와 불법을 전하였다.
신라	527년 .... 때 이차돈이 목숨을 바침으로 불교를 공식적으로 인정하게 되었다.

논술 **3. 이차돈의 순교 이후 신라 안에서 불교를 반대하는 사람이 없어지고 공식 종교로 받아들이게 된 까닭을 써 보세요.**

04 불국사와 석굴암을 지은 김대성

신라 때 모량리에 경조라는 가난한 부인이 살았다. 경조에게는 아들이 있었는데, 머리가 크고 정수리가 평평하여 성처럼 보인다 해서 이름을 '대성'이라고 지었다.

경조는 복안이라는 부자의 집에서 품팔이를 하였다. 그때 흥륜사에 큰 행사가 있어 점개라는 스님이 복안의 집에 *시주를 받으러 왔다. 복안이 베 50필을 내놓자, 스님은 복안에게 복을 빌어 주었다.

"한 가지를 바치면 만 배를 얻게 되는 법입니다! 부처님이 언제나 보살펴 주시어, 오래도록 편안하고 즐거운 삶을 누릴 것입니다."

마침 문간에 있던 대성이 그 말을 듣고 급히 어머니께 달려가 말했다.

"어머니, 제가 문간에서 스님의 말씀을 들으니, 한 가지를 부처님께 바치면 그 만 배를 얻는다고 해요. 우리가 지금 이렇게 가난한 건 *전생에 좋은 일을 하지 않았기 때문인 게 분명해요."

"그래서 어떻게 하자는 것이냐?"

"그동안 품팔이를 해서 산 밭을 바치면 다음 생에는 복을 받지 않을까요?"

"그래, 네 말이 맞다! 그렇게 하자꾸나."

대성과 어머니는 곧 전 재산이나 다름없는 밭을 점개 스님에게 시주하였다.

* **시주**: 자비심으로 조건 없이 절이나 승려에게 물건을 베풀어 주는 일.
* **전생**: 이 세상에 태어나기 이전의 생애.

사회 탐구 **1. 다음은 삼국 시대 사람들의 의식주 생활을 정리한 내용이에요. 경조의 형편을 생각해 보고, 어울리는 의식주를 찾아 ○표를 하세요.**

의(옷)	귀족들은 주로 고운 베나 비단으로 만든 화려한 옷을 입었고, 가난한 백성들은 활동하기에 편한 옷을 입었다.
식(음식)	귀족들은 주로 쌀밥을 먹었고, 가난한 백성들은 잡곡밥을 먹었다.
주(집)	귀족들은 넓은 기와집에서 살았고, 가난한 백성들은 주로 초가집에서 살았다.

(1) 의 ① 활동하기 편한 옷 (　　　) ② 고운 비단옷 (　　　)
(2) 식 ① 쌀밥 (　　　) ② 잡곡밥 (　　　)
(3) 주 ① 기와집 (　　　) ② 초가집 (　　　)

언어 **2. 복안과 대성이 점개 스님에게 시주한 것을 찾아 줄로 이으세요.**

(1)

복안 •

• ㉠ 베 50필
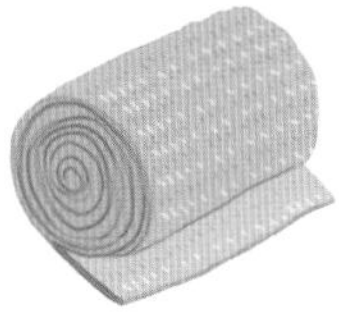

(2)

대성 •

• ㉡ 작은 밭
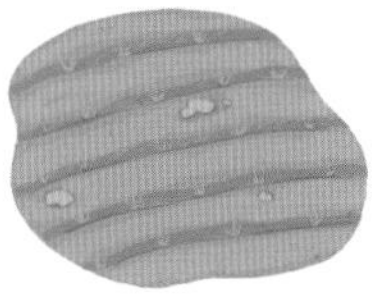

논술 **3. 전 재산이나 다름없는 밭을 점개 스님에게 시주한 대성의 행동에 대해 여러분은 어떻게 생각하는지 써 보세요.**

얼마 뒤 대성이 시름시름 앓더니 그만 세상을 떠나고 말았다. 경조는 슬픔을 억누르며 부처님께 기도했다.

"부디 우리 대성이가 다음 세상에는 좋은 집안에서 태어나게 해 주십시오."

대성이 죽은 날 밤, 신라의 *재상인 김문량의 집에 하늘에서 소리가 들려왔다.

"모량리에 살던 대성이란 아이가 지금 너의 집에 다시 태어날 것이니라."

깜짝 놀란 김문량은 하인에게 즉시 모량리로 가서 사정을 알아보게 하였다.

"알아보니 대성이란 아이가 정말 죽었다고 합니다."

"허허, 어떻게 이런 일이……."

그날부터 김문량의 부인에게 *태기가 있었고, 열 달 뒤에 건강한 사내아이가 태어났다. 그런데 이상하게도 아기가 태어날 때부터 왼손을 꼭 쥐고 펴지 않더니 7일 만에야 겨우 손을 폈다. 그 손 안에 '대성'이라는 두 글자가 새겨진 금쪽이 있었다.

"이럴 수가! 정말로 하늘의 계시가 맞았구나."

김문량은 아이의 이름을 똑같이 대성이라 지었다. 그리고 모량리에서 경조를 데려와 한집에서 편히 살도록 해 주었다.

* **재상**: 임금을 돕고 모든 관리들을 지휘하고 감독하는 일을 맡아보던 높은 벼슬.
* **태기**: 아이를 밴 기미.

사회 탐구 **1. 신라에는 골품제라는 신분 제도가 있었어요. 그렇다면 평민인 대성이 재상 김문량의 집에 다시 태어난 것은 다음 중 어떤 상황에 해당할까요? (   )**

신라 사람들은 태어나면서부터 골품제에 따라 성골, 진골, 6두품, 5두품 등 여러 등급으로 신분이 나뉘었다. 당시에는 이 골품제 때문에 능력이 있어도 관직에 오르지 못하는 신분이 있었다.

① 패가망신(敗家亡身)   ② 대기만성(大器晩成)   ③ 자수성가(自手成家)
④ 신분 상승(身分 上昇)   ⑤ 신분 몰락(身分 沒落)

언어 **2. 김문량이 대성의 탄생을 하늘의 계시라고 믿었던 까닭은 무엇인가요? (   )**

① 경조가 찾아와 자신의 아이라고 우겨서
② 아이가 대성이란 이름을 외치며 태어나서
③ 아이의 손에 대성이라는 글자가 새겨져 있어서
④ 아이가 대성이라는 글자가 새겨진 금쪽을 쥐고 태어나서
⑤ 아이의 머리가 크고 정수리가 평평하여 마치 성처럼 보여서

논술 **3. 재상의 집에 다시 태어난 대성의 삶이 평민의 집에서 태어났을 때와 비교해 어떻게 달라졌을지 상상하여 써 보세요.**

대성은 무럭무럭 자랐다. 어른이 되어서는 사냥을 무척 좋아하였는데, 하루는 토함산에 올라가 곰 한 마리를 잡았다. 그날 밤 산 아래 마을에서 하룻밤을 묵었는데, 대성의 꿈속에 곰이 나타나 울부짖었다.

"나는 너에게 아무런 해도 입히지 않았는데, 어찌하여 나를 죽였단 말이냐? 반드시 되살아나서 너를 꼭 잡아먹고야 말겠다."

"잘못했습니다. 제발 용서해 주십시오."

대성이 겁에 질려 용서를 빌자 곰이 되물었다.

"살려 주면 나를 위해 무엇을 해 주겠느냐? 절을 지어 줄 수 있겠느냐?"

"하다마다요. 꼭 그렇게 하겠습니다. 제발 살려만 주십시오."

꿈에서 깨어 보니 온몸에 비 오듯 땀이 흘러 있었다.

대성은 살생을 일삼은 것을 후회하고 그날부터 절대 사냥을 하지 않으리라 마음먹었다. 그리고 약속한 대로 곰을 잡았던 자리에 '장수사'라는 절을 세웠다.

이 일을 겪고 나서 대성은 *불심이 더욱 두터워져 절을 짓기 시작했다. 먼저 *현생의 부모를 위해 경주 불국사를 짓고, 전생의 부모를 위해서는 경주 석굴암 석굴을 지어 부처님께 바쳤다. 그리고 신림과 표훈이라는 두 스님을 모셔다가 두 절에서 각각 지내게 하였다. 신라 경덕왕 때 일이다.

* **불심**: 깊이 깨달아 속세의 번뇌에 빠져 흐려지지 않는 마음.
* **현생**: 지금 살고 있는 이 세상에서의 생애.

사회 탐구 1. 다음 중 대성이 곰을 사냥한 곳은 어디인가요? (   )

① 
토함산

② 
한라산

③ 
설악산

1주 4일 학습 끝!
붙임 딱지 붙여요.

언어 2. 대성이 현생의 부모와 전생의 부모를 위해 지은 것을 각각 줄로 이으세요.

(1) 현생의 부모 •

(2) 전생의 부모 •

• ㉠ 
경주 불국사

• ㉡ 
경주 석굴암 석굴

논술 3. 대성은 부모님을 위해 절을 지어 부처님께 바쳤어요. 대성처럼 여러분도 부모님을 위해 할 수 있는 일이 있을 거예요. 효도하는 방법에 대해 자유롭게 생각하여 써 보세요.

되돌아봐요

1 다음 이야기들이 일어난 때를 보기 에서 찾아 쓰세요.

보기 고조선 시대 신라 법흥왕 때 신라 신문왕 때 신라 경덕왕 때

(1) 하늘과 땅의 자손, 단군왕검

( )

(2) 평화를 부르는 피리, 만파식적

( )

(3) 불교를 위해 목숨을 바친 이차돈

( )

(4) 경주 불국사와 경주 석굴암 석굴을 지은 김대성

( )

2 다음은 신라의 역대 왕들을 순서대로 나열한 것입니다. "삼국유사"에서 소개한 아래 사건들은 어느 왕 때의 일인지 생각해 보고, 가장 먼저 일어난 이야기를 찾아 ○표를 하세요.

21대	22대	23대	24대	25대	26대
소지 마립간	지증왕	법흥왕	진흥왕	진지왕	진평왕

27대	28대	29대	30대	31대	32대
선덕 여왕	진덕 여왕	무열왕	문무왕	신문왕	효소왕

(1) 평화를 부르는 피리인 만파식적을 얻었다.
( )

(2) 불교를 위해 이차돈이 목숨을 바쳤다.
( )

(3) 포로가 된 부례랑이 만파식적을 불어 살아 돌아왔다.
( )

3 다음 중 '평화를 부르는 피리, 만파식적'에 등장하는 인물은 누구인가요? (   )

① 
단군왕검

② 
신문왕

③ 
이차돈

④ 
김대성

4 다음에서 소개하고 있는 유물이나 유적의 이름을 보기 에서 찾아 쓰세요.

보기 경주 이견대 강화 참성단 청동 검 경주 불국사 이차돈 순교비 경주 석굴암 석굴

(1) 청동으로 만든 칼이다. 청동기 시대의 대표적인 유물로, 왕권을 상징하였다.

(   )

(2) 이차돈의 순교를 기리기 위하여 818년에 세워진 비석이다.

(   )

(3) 대왕암이 가장 잘 보이는 곳에 위치한 건물이다. 신라의 신문왕이 681년에 지었다.

(   )

(4) 경덕왕 때 지어진 절로, '부처님의 나라'라는 뜻을 가지고 있다.

(   )

궁금해요

너희가 "삼국유사"를 아느냐?

"삼국유사"는 "삼국사기"와 더불어 삼국 시대의 역사와 문화를 전해 주는 귀중한 자료로, 우리나라의 역사를 이야기할 때 빼놓을 수 없는 책이에요. 이처럼 중요한 "삼국유사"가 어떤 책인지 더 자세히 알아볼까요?

어떻게 만들어졌을까요?

"삼국유사"는 고려 후기 충렬왕 때 일연 스님이 엮은 책이에요. 언제 처음 나왔는지 정확히 알 수 없지만 충렬왕 8년(1282년) 전후일 것으로 추측하고 있어요. 일연 스님은 영광스러운 역사를 통해 당시 무신의 난과 몽골의 침략으로 땅에 떨어진 우리 민족의 자존심을 되살리고자 백성들 사이에서 전해 오던 옛이야기들을 "삼국유사"로 엮었답니다.

▲ 일연

"삼국사기"와는 어떤 차이점이 있을까요?

"삼국유사"는 김부식이 쓴 "삼국사기"가 세상에 나온 지 100여 년 뒤에 쓰여졌어요. 그 사이에 몽골의 침입을 겪으면서 고려 사회에는 커다란 변화가 생겼어요. 그 이전까지만 해도 지식인들은 중국을 세상의 중심으로 생각하였으나 몽골이 송나라를 멸망시키고 고려로 쳐들어오자 그러한 생각이 많이 바뀌었답니다. 그래서 사대주의*를 담고 있던 "삼국사기"와 달리 "삼국유사"는 보다 주체적인 입장에서 쓸 수 있었어요. 또한 "삼국사기"가 중국 역사서의 틀을 갖추고 정확한 사실만을 가려 기록하였다면, "삼국유사"는 좀 더 자유로운 방식과 소재를 선택하여 기록하였지요.

* **사대주의**: 주체성 없이 세력이 강한 나라나 사람을 받들어 섬기는 태도.

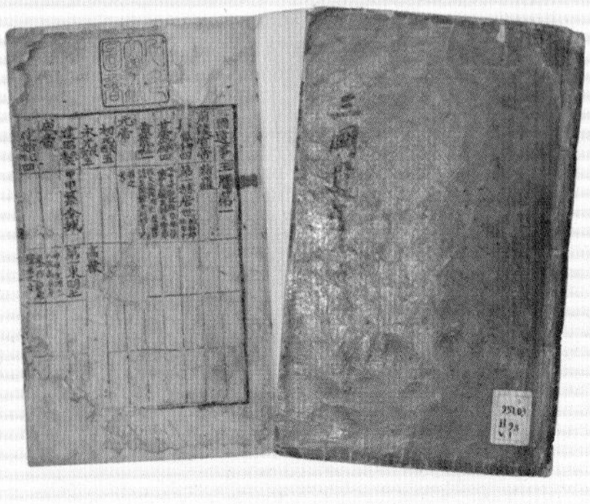
▲ 일연의 "삼국유사"

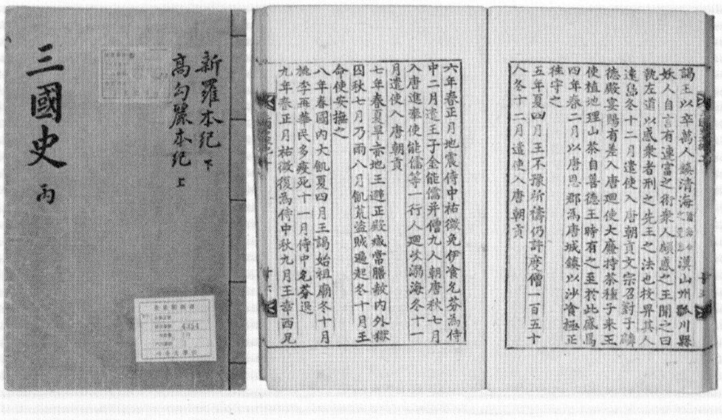

▲ 김부식의 "삼국사기"

어떻게 구성되어 있을까요?

"삼국유사"는 총 다섯 권의 책에 140여 편의 이야기가 실려 있어요. 1권에는 중국, 신라, 고구려, 백제, 가락국의 왕들에 관한 연표와 함께 고조선 시대부터 삼국 통일 이전까지의 이야기가 기록되어 있지요. 2권에는 통일 이후의 이야기가, 3권에는 삼국에 불교가 전파되는 과정 및 탑이나 불상에 관한 이야기가 기록되어 있어요. 4권에는 유명한 스님들의 신비한 이야기가, 5권에는 귀신이나 주술 이야기, 신비한 일을 겪거나 자유로운 삶을 누린 사람들의 이야기, 효성스러운 사람들의 이야기가 담겨 있지요.

중요한 가치를 가지는 까닭은 무엇일까요?

오늘날 "삼국유사"가 높이 평가받는 까닭은 우리 민족의 뿌리를 알려 주는 '단군 신화'를 가장 먼저 기록한 책이기 때문이에요. 또한 신라 사람들이 즐겨 부르던 노래인 향가 14편이 실려 있어, 그 당시 말(언어)의 형태를 짐작할 수 있기 때문이지요. 그리고 "삼국사기"에서는 볼 수 없던 불교와 관련된 기록이나 민속 신앙, 옛이야기가 실려 있고, 더불어 땅 이름과 성씨 등을 보여 주는 자료들이 풍부하게 실려 있답니다. 그래서 "삼국유사"는 역사학뿐만 아니라 국문학, 민속학, 종교, 미술, 지리 등 많은 분야에서 큰 가치가 있고 소중한 자료로 쓰이고 있답니다.

▲ 단군왕검

"삼국유사"가 많은 분야에서 큰 가치가 있다고 생각하는 까닭을 써 보세요.

1주 05 내가 할래요

"삼국유사"를 멋지게 광고해 봐!

"삼국유사"는 우리 민족에게 매우 소중한 역사 자료예요. 우리 민족의 뿌리를 알 수 있을 뿐 아니라 흥미로운 이야기들도 풍부하게 실려 있으니까요. "삼국유사"의 특징과 가치가 잘 드러날 수 있도록 보기 에 연결하여 텔레비전 광고를 완성해 보세요.

보기

확인할 내용	잘함	보통임	부족함
1. 이번 주 학습을 5일(월요일~금요일) 안에 끝마쳤나요?			
2. 우리나라 역사가 어떻게 시작되었는지 잘 이해하였나요?			
3. 불교가 우리 역사에 어떤 영향을 미쳤는지 이해하였나요?			
4. 우리나라의 역사에 대해 잘 소개할 수 있나요?			

1주 5일 학습 끝!

붙임 딱지 붙여요.

전하는 말

2주

옛날 사람들은 어떻게 살았을까?

생각톡톡 오늘날 초등학교나 중학교 대신 조선 시대 아이들이 글을 배우러 다닌 초등 교육 기관의 이름이 무엇인지 보기 에서 찾아 쓰세요.

보기 도서관 서당 집현전 관아

( )

관련교과 [사회 5-2] 조선 시대의 농업 기술과 사람들의 생활 알아보기, 조선 시대의 세시 풍속 알아보기
[사회 6-1] 조선 시대의 농촌 변화와 장시의 성장 알아보기, 서민 문화의 발달 알아보기

2주 01

옛날 사람들은 어떻게 살았을까?

"와, 정말 동그랗다!"

금동이가 보름달을 보며 소리쳤다. 오늘은 정월 대보름이다. 마을 사람들은 온 마을이 한눈에 내려다보이는 큰 언덕에 모두 나와서 보름달을 구경했다.

예부터 정월 대보름은 우리나라의 큰 명절 중 하나였다. 새해가 시작하고 첫 번째로 보름달이 뜬 날, 사람들은 둥근달을 바라보며 저마다 마음속에 간직한 소원을 빌었다.

사람들 틈에서 금동이도 고개를 한껏 빼고 보름달을 올려다보았다.

"금동아, 올 한 해 네 소원을 빌어 보렴. 달님이 꼭 들어주실 거야."

엄마가 금동이의 귀에 대고 속삭였다.

"내 소원이라고요? 달님이 정말 내 소원을 들어줘요?"

금동이는 참말일까 묻듯이 달님을 다시 올려다보았다. 캄캄한 밤을 대낮처럼 밝혀 주는 보름달을 보니 마음이 꽉 차오르는 것이 정말 금동이의 소원을 들어줄 것 같았다.

"달님, 올해는 농사가 잘되게 도와주세요."

금동이는 풍년을 빌었다. 풍년이 들면 온 마을이 흥겹고 달님처럼 하얀 *백설기도 많이 만들어 먹을 수 있기 때문이다. 마을 사람들도 마음속으로 풍년을 빌었다.

* **백설기**: 시루떡의 한 가지. 멥쌀가루를 고물 없이 시루에 찐 떡.

언어 **1. 이 글의 시간적 배경과 공간적 배경이 알맞게 짝지어진 것은 어느 것인가요?** ( )

① 시간적 배경–추석, 공간적 배경–서당
② 시간적 배경–추석, 공간적 배경–마을 언덕
③ 시간적 배경–단오, 공간적 배경–마을 언덕
④ 시간적 배경–정월 대보름, 공간적 배경–서당
⑤ 시간적 배경–정월 대보름, 공간적 배경–마을 언덕

사회 탐구 **2. 이 글에서는 옛날 사람들이 지켜 온 명절을 소개하고 있어요. 다음의 설명을 읽고 명절의 이름을 쓰세요.**

'이날'은 음력 1월 15일로, 새해 들어 처음 맞이하는 보름날이다. 예부터 농사를 시작하는 날이라 하여 매우 큰 명절로 여겼다. 전날에는 기다란 막대기나 줄에 불을 달고 빙빙 돌리는 쥐불놀이를 했다. 보름날에는 오곡밥을 지어 먹고, 부럼을 깨고, 귀밝이술을 마셨다. 밤에는 뒷동산에 올라 달맞이를 하며 소원 성취를 빌고 1년 농사를 점치기도 하였다.

( )

논술 **3. 옛날 사람들은 달을 바라보며 소원을 빌곤 했어요. 옛날 사람들이 달과 같은 자연물을 신성한 존재로 생각하고 의존한 까닭을 써 보세요.**

마을 사람들이 정월 대보름에 풍년을 간절히 기원하는 까닭은 바로 무서운 '보릿고개' 때문이다.

보릿고개란 햇보리가 나올 때까지 식량이 부족하여 견디기 힘든 기간을 비유적으로 이르는 말이다. 즉, 묵은 곡식이 거의 떨어지고 보리는 아직 여물지 않아 농촌에서 집집마다 배를 곯는 가장 어려운 때가 보릿고개이다. 대부분의 사람들이 농사를 지어 먹고살았으니 큰 부자가 아니고서야 높은 보릿고개를 피해 갈 사람이 없는 게 당연했다.

보릿고개가 되면 끼니 걱정에 하루하루가 힘이 들었다.

"엄마, 어디 가세요?"

금동이가 호미를 들고 집을 나서는 엄마에게 물었다.

"엄마가 쑥 캐어 와서 *쑥버무리 만들어 줄게."

"저도 갈래요. 엄마는 쑥을 캐고 저는 칡뿌리를 캐고요."

금동이는 기어코 엄마를 따라나섰다.

뒷산에 오르니 어느새 파릇파릇 새순이 돋아나고 있었다. 엄마는 먼저 온 아주머니들 틈에 쪼그려 앉아 부지런히 쑥을 캤다. 엄마는 바구니에 쑥이 쌓일수록 기분이 좋아 보였다. 저녁상에 고소한 쑥국을 끓여 내면 넉넉하지는 않아도 모처럼 맛있는 식사를 할 수 있겠다는 생각 때문인지 콧노래까지 흥얼거렸다.

* **쑥버무리**: 쌀가루와 쑥을 한데 버무려서 시루에 찐 떡.

사회 탐구 1. 이 글에 나오는 쑥버무리와 쑥국처럼 우리나라에는 계절마다 즐겨 먹는 음식이 있습니다. 각 계절에 어울리는 음식을 찾아 줄로 이으세요.

(1) 봄	(2) 여름	(3) 겨울
㉠  동치미	㉡  냉면	㉢ 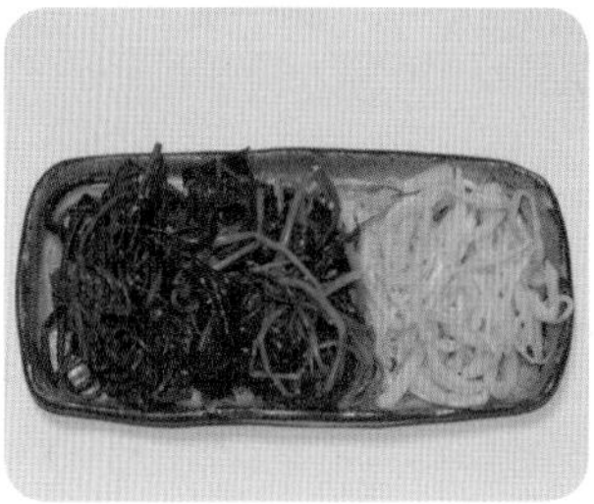 봄나물

언어 2. 보릿고개와 관련하여 내용이 맞으면 ○표를, 틀리면 ×표를 하세요.

(1) 햇보리가 나올 때까지의 넘기 힘든 고개라는 뜻이다. (   )
(2) 보리를 가득 쌓을 만큼 농사가 잘된 것을 비유한 말이다. (   )
(3) 보릿고개가 되면 사람들은 산에 올라가 산나물이나 칡을 캐 먹었다. (   )
(4) 묵은 곡식은 거의 떨어지고 보리는 아직 여물지 않아 농촌에서 집집마다 배를 곯는 가장 어려운 때를 말한다. (   )

논술 3. 옛날 사람들에게는 농사를 짓는 데 사용하는 농기구가 무엇보다 중요했습니다. 농기구의 발달로 인해 농사지을 때 어떤 변화가 있었을지 써 보세요.

▲ 쟁기

"오늘 우리 집 모내기한다!"

금동이가 마을 친구들에게 큰 소리로 자랑했다.

"우아, 정말? 아, 우리 집은 언제 하지?"

한 친구가 몹시 부러워하며 말했다. 모내기를 하는 집은 잔칫집처럼 종일 흥겹고 맛있는 음식도 많이 준비한다. 금동이도 그 생각에 아침부터 기분이 들떴다.

4월이면 온 동네가 모내기로 바쁘다. 넓은 논에 모를 가득 심으려면 혼자서는 어림없다. 우리 집, 남의 집 할 것 없이 서로 도와 가며 모내기를 해야 한다.

모내기를 하려면 논에 물이 잘 드나들도록 물길을 낸다. 논에 물을 채우고 나면, 못자리를 논으로 옮긴다. 그러고는 어른들이 한 줄로 나란히 서서 모를 심기 시작한다. 이미 한 뼘 정도 자란 푸릇한 모들은 *못자리에서 조용히 자기 차례를 기다린다.

"아이고, 허리야!"

이웃집 아저씨가 모내기를 하느라 숙이고 있던 허리를 쭉 펴며 말했다.

"허리 편 김에 노래나 한 가락 뽑아 보게."

옆에 있던 동철이 아버지가 일어선 아저씨에게 노래를 신청하자, 아저씨는 모를 든 채로 신명 나게 노래 한 가락을 뽑았다. 흥겨운 노랫가락에 일하는 사람들은 어깨를 들썩이고, 하늘을 향해 엉덩이도 실룩거렸다. 그 모습에 금동이도 덩달아 신이 났다.

* **못자리**: 볍씨를 뿌려 모를 기르는 곳.

언어 1. 이 글의 제목으로 알맞은 것은 무엇인가요? ( )

① 마을 잔칫날
② 고향을 찾아서
③ 모내기하는 날
④ 모내기는 지겨워
⑤ 친구와 싸운 날

2주 1일 학습 끝!
붙임 딱지 붙여요.

사회 탐구 2. 다음 그림을 보고 모내기를 하는 순서대로 번호를 써 보세요.

① 못자리를 논으로 옮긴다.

② 볍씨를 못자리에 뿌려 모로 키운다.

③ 여러 사람이 줄을 맞춰 모를 심는다.

④ 논을 갈고 고르게 한 뒤, 물을 댄다.

( ) → ( ) → ( ) → ( )

논술 3. 우리 조상들은 농사일을 서로 도와줄 뿐만 아니라 이웃에 어려운 일이 있을 때에는 함께 슬퍼하고, 좋은 일이 있을 때에는 함께 기뻐했습니다. 이러한 '나눔'이 생활에 필요한 까닭이 무엇인지 써 보세요.

"와, 엄마다, 엄마!"

멀리서 머리에 광주리를 이고 오는 엄마를 보고 금동이가 소리쳤다. 금동이가 이렇게 엄마를 반갑게 부르는 것은 광주리 속에 무엇이 들어 있는지 알기 때문이다.

"자, 새참* 들고 일하세요!"

엄마가 논에서 일하는 사람들에게 큰 소리로 외쳤다.

"새참 왔어요, 새참이오!"

금동이도 따라 외쳤다.

새참은 어른이나 아이 할 것 없이 모두 반가운 모양이다. 구슬땀을 흘리며 일하던 아저씨와 아주머니들이 서둘러 일을 마무리하고 논 밖으로 나왔다.

"꽁보리밥이지만 맛있게 드세요. 막걸리도 한 사발씩 드시고요."

엄마가 나무 그늘 밑에 새참을 풀어 놓으며 말했다. 사람들은 햇빛을 피해 그늘에 편하게 자리를 잡고 앉았다.

"나는 막걸리 한 사발을 먼저 해야겠어. 목이 꽤 말랐거든!"

금동이 아빠는 엄마가 따라 준 막걸리를 한 사발 시원하게 마시고 나서야 숟가락을 들었다. 마을 사람들은 일하느라 허기가 졌는지 간소한 새참이지만 달게 먹었다. 그 옆에서 금동이도 어른들처럼 꽁보리밥에 김치를 척척 얹어서 맛나게 먹었다.

* **새참**: 일을 하다가 잠깐 쉬면서 먹는 음식.

언어 1. 이 글에서 금동이가 엄마를 반갑게 맞이한 까닭은 무엇인가요? (   )

① 엄마가 보고 싶어서
② 농사일을 도와주러 와서
③ 엄마가 새참을 가져와서
④ 농사일이 매우 힘들어서
⑤ 모내기를 다 끝낸 것을 자랑하려고

과학 탐구 2. 이 글에서 사람들은 새참으로 꽁보리밥과 막걸리를 먹었어요. 다음 중 막걸리와 같은 발효 음식이 아닌 것은 어느 것인가요? (   )

① 김치

② 된장

③ 불고기

④ 고추장

논술 3. 이 글에서처럼 옛날 사람들은 일을 하다가 잠깐 휴식을 취하며 새참으로 허기진 배를 채우곤 했습니다. 우리 생활에서 휴식이 필요한 까닭을 예를 들어서 써 보세요.

"금남아, 어서 일어나라. 서당에 갈 시간이다!"

엄마가 형 금남이를 흔들어 깨웠다. 그 소리에 금동이가 벌떡 일어났다.

"일어나라는 형은 안 일어나고, 엉뚱한 놈이 일어나네."

엄마가 일어나 앉아 졸린 눈을 비비는 금동이를 보고 웃으며 말했다.

아침이면 금남이는 밥을 먹고 곧장 서당에 간다. 금동이는 서당에 가는 형이 부러워서 늘 졸래졸래 뒤를 따라갔다. 벌떡 일어나 앉은 꼴이 오늘도 금남이를 따라나설 모양이었다. 뒤늦게 일어나 집을 나서는 형을 금동이는 바짝 따라붙었다. 금남이도 오늘은 이것저것 귀찮은지 뒤쫓아 오는 금동이를 쫓지 않고 모른 척했다.

"하늘 천, 땅 지, 검을 현, 누를 황……."

천자문을 읽는 소리가 노랫가락처럼 문밖으로 흘러나왔다. 마루에 앉은 금동이도 그 박자에 맞추어 몸을 흔들며 흥얼거렸다.

그때 훈장님이 회초리로 '탁탁' 하고 탁자를 세게 쳤다. 누가 또 졸았던 모양이다.

훈장님이 호통을 쳤다.

"이 녀석, 왜 서당에만 오면 자는 게냐? 오늘은 이 회초리로 잠을 쫓아 주마."

회초리로 잠을 쫓는다는 말에 금동이는 '픽' 하고 웃으며 생각했다.

'잠꾸러기 학생한테는 역시 회초리가 약이라니까.'

언어 **1. 이 글에서 엄마가 아침에 형 금남이를 깨운 까닭은 무엇인가요? (　　　　)**

① 서당에 보내려고　② 농사일을 시키려고
③ 설거지를 시키려고　④ 장터에 심부름을 보내려고
⑤ 산에 가서 산나물을 캐 오라고

사회 탐구 **2. 다음은 조선 시대에 널리 보급된 교육 기관에 대한 설명입니다. (　　) 안에 들어갈 알맞은 교육 기관의 이름은 무엇인가요? (　　　　)**

고구려 경당에 기원을 두고 고려 시대에 조금씩 늘어나기 시작한 (　　　　　　)은 조선 시대에 널리 보급되었다. '이곳'은 문자 교육과 유학 교육을 하는 사설 초등 교육 기관으로, 양반집 아이들뿐만 아니라 서민 아이들에게까지 폭넓게 교육이 이루어졌다.

① 서당　② 국학　③ 태학　④ 국자감　⑤ 성균관

논술 **3. 이 글에서 금동이는 '잠꾸러기 학생한테는 역시 회초리가 약'이라고 생각했어요. 체벌은 교육에 어떤 도움이 되는 것일까요? 체벌 제도에 대한 찬성과 반대의 입장을 정하고, 그 까닭을 함께 써 보세요.**

"아, 그러고 보니 오늘이 장날이잖아?"

서당 마루가 슬슬 지겨워질 때쯤 금동이는 퍼뜩 떠오른 생각에 장터로 달려갔다.

5일마다 서는 장날이면 사람들은 농사지은 채소와 곡식, 손으로 만든 짚신, 키우던 닭 등을 들고 나와 팔았다. 그렇게 번 돈으로 집에 필요한 다른 물건을 사곤 했다.

장터는 항상 사람들로 북적였고, 구경거리도 많았다. 그중 금동이의 마음을 항상 사로잡은 사람은 엿장수였다.

"엿 사시오! 엿 사시오!"

엿장수는 넓은 *엿목판을 목에 걸고 고래고래 소리를 지르며 다니는데, 벌써 여러 아이들이 뒤꽁무니에 붙어 있었다. 금동이도 입에 침이 가득 고였다. 엄마와 함께 왔다면 졸라서라도 사 먹었을 텐데 몹시 아쉬웠다.

그때였다. 저 앞에 엄마와 꼭 닮은 사람이 보였다.

"앗, 엄마가 장에 오셨나 보네?"

금동이는 반가워하며 쪼르르 달려갔다.

하지만 금동이의 얼굴에는 금세 실망의 빛이 스쳤다. 엄마가 아니었다. 뒷모습이 닮아 착각한 것이다. 금동이는 어깨를 축 늘어뜨리고 터덜터덜 장터를 걸어 나왔다.

* **엿목판**: 엿을 담는 속이 얕은 목판.

사회 탐구 1. 옛날 사람들이 일상생활에 필요한 물건을 사기 위해 이용한 곳은 어디인가요? (   )

① 회사　② 장터　③ 구멍가게　④ 슈퍼마켓　⑤ 전문 식당가

언어 2. 장터에 가면 많은 사람들을 볼 수 있습니다. 다음 시의 밑줄 그은 '나'는 누구일까요? (   )

철컥철컥 인사하기 바쁘게
네모난 엿판 가로 모인 철딱서니들.
엽전 한 닢 없어도
종일 달라붙어 있을 테지.
붙잡지는 마라, 붙잡지는 마.
'나'는 오늘도 온 장을 누벼야 하느니라.
휘휘, 단것 많이 먹으면 이빨 썩는다.

① 닭 장수　② 엿장수　③ 소 장수　④ 짚신 장수　⑤ 채소 장수

2주 2일 학습 끝!
붙임 딱지 붙여요.

논술 3. 이 글에서 금동이는 엄마를 졸라 엿을 사 먹었으면 했습니다. 여러분이 요즘 가지고 싶은 것을 생각해 보고, 부모님께 사 달라고 설득하는 글을 써 보세요.

집으로 돌아가는 길에 금동이는 다른 재미있는 구경거리를 발견했다.

집을 짓는 광경이었다. 집을 짓는 재료는 흙과 돌, 나무뿐이었다. 집의 뼈대가 되는 기둥과 서까래는 나무의 홈과 홈을 맞추어서 세운다.

목수가 나무로 집의 뼈대를 다 만든 후에는 지붕을 얹었다.

"자, 기와 올라가요."

아래에서 기와를 던져 올리자 위에 있던 아저씨가 한 손으로 척척 기와를 받았다. 그 모습이 신기해서 금동이는 좀처럼 눈을 떼지 못했다. 또 다른 아저씨는 흙덩이를 밧줄을 이용해서 위로 올려 주었다. 지붕 위에 있는 아저씨는 부드러운 흙덩이를 깔고 그 위에 기와를 놓는 작업을 했다. 그렇게 해야 바람이나 비에도 기와가 떨어지지 않고 오랫동안 잘 붙어 있는 것이다.

금동이는 한참 동안 서서 집을 짓는 모습을 바라보았다.

"아이고, 이 녀석아! 목 부러질라."

"입에 흙먼지도 많이 들어갔겠어."

지나던 사람들이 금동이를 보고 웃으며 말했다.

그러고 보니 벌린 입으로 흙먼지가 꽤 들어갔는지 입안이 까칠까칠했다.

언어 1. 한옥을 짓는 순서 중 (　　) 안에 들어갈 알맞은 말은 무엇인가요? (　　　　)

터 닦기 → 기단을 만들고 주춧돌 놓기 → 집의 뼈대 만들기 → (　　　　　　　) 올리기 → 벽과 문 세우기 → 방바닥과 마루 깔기

① 제사　② 마루　③ 기와　④ 기둥　⑤ 주춧돌

사회 탐구 2. 다음 자연환경에 알맞은 집을 찾아서 줄로 이으세요.

(1) 바람이 많이 부는 제주도 지역 •　　• ㉠ 

(2) 얼음이 많은 북극 지역 •　　• ㉡ 

(3) 눈이 많이 내리는 울릉도 지역 •　　• ㉢ 

(4) 비가 많이 오는 동남아시아 지역 •　　• ㉣ 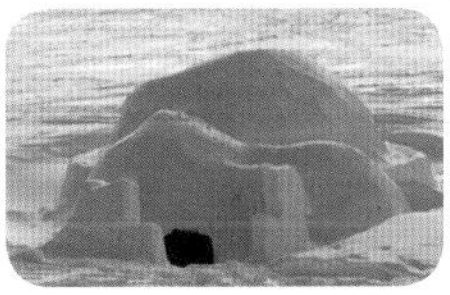

논술 3. 한옥의 지붕에는 용이나 도깨비가 새겨진 장식 기와나 동물 조각 등이 올려져 있어요. 집을 지을 때 이런 장식들을 올리는 까닭을 써 보세요.

모내기를 한 지가 엊그제 같은데 어느새 단오가 되었다.

단오는 큰 명절 중 하나였다. 모내기 등 농사일로 한창 바쁜 일이 어느 정도 마무리될 때쯤이면 단오가 되는데, 단오를 맞아 마을 사람들은 잠시 일손을 놓고 여러 가지 놀이판을 벌였다. 단오 명절을 지내며 잠시 휴식을 갖는 것이다.

즐거운 명절이니 금동이도 신이 날 수밖에 없다.

이른 아침부터 마을 공터에서 씨름 경기가 열렸다. 힘깨나 쓴다는 어른들이나 응원하는 아주머니들, 어린아이들 때문에 공터가 미어터질 지경이었다. 금동이도 일찌감치 씨름판 한쪽에 자리를 잡고 앉았다.

잠시 뒤 힘센 장사처럼 보이는 두 아저씨가 씨름판에 올라 마주 앉았다. 첫 경기가 시작된 것이다. 긴장하며 마주 앉은 두 사람을 보고 있자니 괜히 금동이 손에도 힘이 들어갔다.

"으랏차!"

큰 기합을 내지르며 아저씨 한 명이 상대를 번쩍 들어 올렸다.

"어, 어, 엇!"

쓰러질 것인가, 버틸 것인가, 씨름은 흥미진진하게 이어졌다. 금동이는 열기 가득한 씨름판을 보며 자신도 커서 꼭 씨름 장사가 되리라고 다짐했다.

언어 1. 이 글에서 소개하고 있는 명절은 어느 것인가요? (   )

① 한식　　② 추석　　③ 설날　　④ 단오　　⑤ 정월 대보름

사회탐구 2. 옛날 사람들은 명절마다 고유의 민속놀이를 했습니다. 다음 중 정월 대보름이나 팔월 한가위에 남부 지방에서 행하는 민속놀이로, 여러 사람이 손을 잡고 원을 그리며 빙빙 돌면서 춤을 추고 노래를 부르는 민속놀이는 어느 것인가요? (   )

①

씨름

②

강강술래

③

쥐불놀이

④

연날리기

논술 3. 우리나라의 설날이나 단오처럼 다른 나라에도 고유의 명절이 있습니다. 이렇게 나라마다 독특한 명절이 생겨난 까닭이 무엇인지 써 보세요.

어느새 단오가 지나고 한여름이 되었다. 나무 그늘을 찾아가면 잠시 동안 뙤약볕은 피할 수 있었지만 한낮 더위는 그럴수록 더욱 *기승을 부렸다.

"얘들아, 우리 물놀이 가지 않을래?"

한 아이가 소리치자 마을 아이들이 너도나도 따라나섰다. 금동이도 물놀이에 빠질 리가 없다. 금동이와 아이들은 뙤약볕 속을 달려 당장 냇가에 도착했다. 냇물에 풍덩 빠지면 더위는 온데간데없이 사라져 버릴 테니 땀이 찔찔 나는 것도 상관없었다.

냇가에는 마을 아주머니들이 먼저 와 있었다. 마을 사람들에게 냇가는 큰 빨래터였다. 넓적한 바윗돌을 빨래판 삼아 빨랫방망이로 '탕탕' 두들기며 빨래를 했다.

"*멱 감으러 왔구나?"

빨래하던 아주머니가 웃으며 말했다.

"싸우지 말고, 얌전히 놀아라."

아주머니의 말에 대답할 사이도 없이 아이들은 훌렁훌렁 옷을 벗어 던지고 냇물로 첨벙첨벙 뛰어들었다. 금동이도 옷을 홀딱 벗고 냇물로 풍덩 뛰어들었다.

"으, 시원하다."

냇물은 시원하다 못해 차가워서 머릿속까지 오싹해질 지경이었다.

* **기승**: 기운이나 힘 따위가 성해서 좀처럼 누그러들지 않음. 또는 그 기운이나 힘.
* **멱**: 냇물이나 강물 또는 바닷물에 들어가 몸을 담그고 씻거나 노는 일.

사회 탐구 1. 다음 중 옛날 사람들이 더위를 피할 때 이용한 물건 두 가지를 고르세요.

( )

① 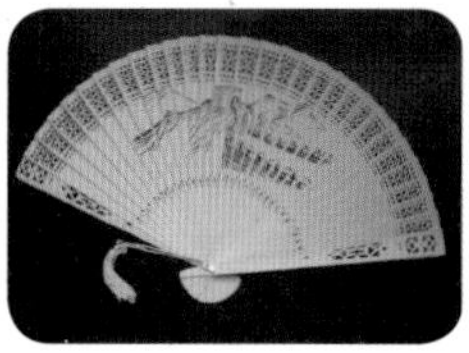
부채

② 
화로

③ 
죽부인

④ 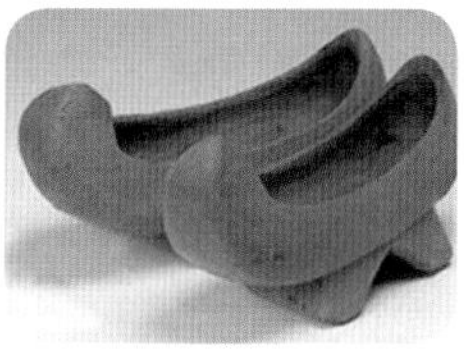
나막신

사회 탐구 2. 옛날 사람들이 사용했던 생활 도구는 오늘날 새롭게 만들어졌습니다. 옛날과 오늘날의 쓰임이 같은 도구를 보기 에서 찾아 쓰세요.

보기	믹서	전등	세탁기	전기다리미

① 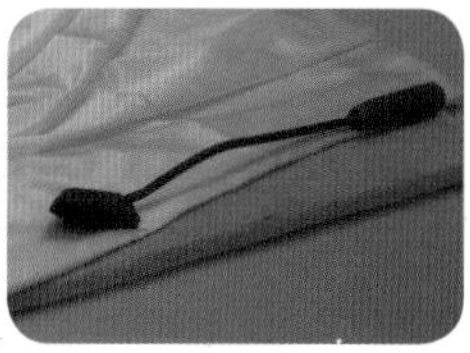
인두
( )

② 
맷돌
( )

③ 
빨랫방망이
( )

④ 
호롱불
( )

2주 3일 학습 끝!

붙임 딱지 붙여요.

논술 3. 옛날 사람들은 더위를 이기기 위해 뜨거운 삼계탕을 먹었습니다. 이것을 '이열치열'이라 하는데 더위를 뜨거운 것으로 다스리면 어떤 점이 좋을지 써 보세요.

여름에는 해가 길어서 환하니 일도 밤늦게까지 이어졌다.

긴긴 여름밤이면 집집마다 아낙네들이 하는 일이 있다. 바로 '길쌈'이다.

길쌈은 실을 내어 옷감 짜는 일을 말한다. 장터에서 옷감을 사는 경우도 있지만 마을 사람들은 대부분 직접 옷감을 짜서 옷을 지어 입었다.

옷감을 짤 때는 먼저 삼나무를 베어 푹푹 삶은 뒤 실을 내야 한다. 그런 다음, 날을 잡아 베*틀로 정성스레 옷감을 짠다. 옷감을 짜는 것은 아낙네들이 하는 중요한 일 중 하나였다. 그래서 베틀은 시어머니가 며느리에게 물려주는 귀한 물건이기도 했다.

금동이네 엄마도 베틀에 앉아 열심히 손을 움직였다. 엄마의 손놀림은 빠르고 정확해서 '짤깍, 스르르, 짤깍' 하는 소리가 노랫가락처럼 들려왔다.

"엄마, 이 옷감으로 내 옷 지어 줄 거예요?"

"글쎄, 아버지 옷도 지어야 하고, 네 형 옷도 지어야 하는데……."

엄마가 선뜻 금동이 옷을 만들어 주겠다고 대답을 하지 않자 금동이는 심술이 나서 입이 쑥 나왔다.

"엄마가 열심히 길쌈해서 설에는 네 새 옷 한 벌 지어 주마."

엄마의 말에 그제야 금동이의 얼굴이 환해졌다. 설이 되려면 아직 멀었지만 엄마는 지키지 못할 약속은 안 하는 사람이니 믿어도 되지 싶었다.

* **베틀**: 삼베, 무명, 명주 따위의 피륙을 짜는 틀.

언어 1. 이 글의 내용으로 볼 때, 옛날 아낙네들이 긴긴 여름밤에 주로 하던 일은 무엇인가요? (   )

① 요리 ② 빨래 ③ 길쌈 ④ 뜨개질 ⑤ 다림질

사회 탐구 2. 이 글에서는 옛날 사람들의 의생활을 알 수 있습니다. 다음은 우리나라의 의생활을 발전시킨 사람에 대한 설명입니다. 금동이가 말하는 사람은 누구인가요? (   )

고려 시대의 학자이자 문신이었어요. 공민왕 때 사신으로 원나라에 갔다가 돌아오면서 붓대 속에 목화씨를 감추어 가져왔답니다. 장인 정천익과 함께 목화 재배에 성공하였고, 목화솜에서 실을 뽑아 무명천을 짰어요. 그 뒤 백성들도 질긴 삼베옷이 아닌 부드럽고 흰 무명옷을 지어 입을 수 있었답니다.

① 정조 ② 정약용 ③ 최무선 ④ 문익점 ⑤ 이순신

논술 3. 우리나라의 전통 의상인 한복에는 주머니가 달려 있지 않습니다. 조상들은 소지품을 어디에 보관했을지 상상해서 써 보세요.

금동이는 대장간에 가는 아버지를 따라 집을 나섰다. 이제 곧 추수를 해야 하기 때문에 아버지는 낫을 갈고, 이참에 새 낫도 하나 더 장만하기로 한 것이다. 농사를 짓는 데 농기구는 빼놓을 수 없이 중요하다. 군인으로 치면 무기 같은 것이다.

"어이, 이것 좀 봐 주게."

아버지의 말에 대장장이는 전문가답게 낫을 살펴보더니, 커다란 숫돌*에 물을 뿌리고 낫을 갈기 시작했다.

'쓱싹쓱싹! 쓱싹쓱싹!'

낫을 가는 소리가 규칙적으로 들려왔다.

'탕! 탕! 탕!'

한쪽에서는 쇠 두드리는 소리가 요란했다. 대장장이 한 사람이 쇠 집게로 풀무에서 막 나온 쇳덩이를 잡고 있으면 다른 두 사람이 번갈아 가며 쇳덩이에 망치질을 했다. 금동이는 신기한 듯 망치질을 구경하다가 아버지에게 물었다.

"아버지, 우리 낫도 저렇게 힘껏 두들겨서 만들겠지요?"

"그럼, 그래야 튼튼한 낫이 되지."

아버지는 금동이에게 '쇠는 두드리면 두드릴수록 강해진다'고 말해 주었다.

* **숫돌**: 칼이나 낫 따위의 연장을 갈아 날을 세우는 데 쓰는 돌.

사회 탐구 1. 이 글은 대장간을 배경으로 하고 있습니다. 다음 중 대장간에서 볼 수 있었던 물건이 아닌 것은 어느 것인가요? (   )

① 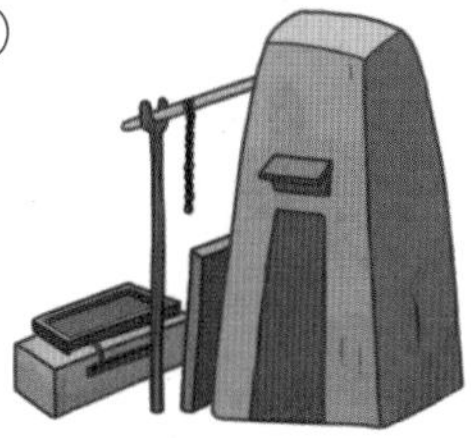
풀무 가마

② 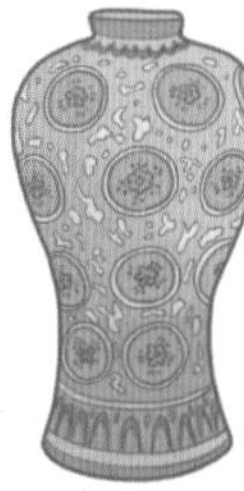
고려청자

③ 
숫돌과 쇠망치

④ 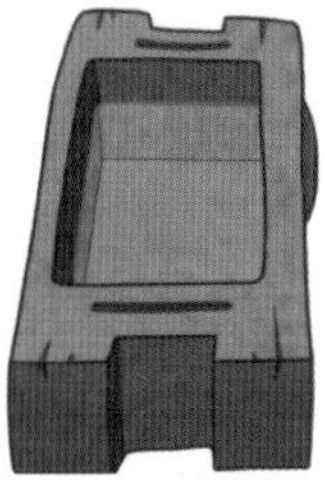
담금질용 물통

과학 탐구 2. 이 글에서 아버지는 금동이에게 '쇠는 두드리면 두드릴수록 강해진다'고 하였습니다. 그 까닭으로 알맞은 것은 무엇인가요? (   )

① 쇠가 식기 때문에
② 쇠가 작아지기 때문에
③ 쇠가 검은빛을 띠기 때문에
④ 쇠가 제 모양을 찾아가기 때문에
⑤ 두드리면 쇠에 섞인 불순물이 빠져나가기 때문에

논술 3. 조선 시대와 같은 옛날에는 대장장이의 신분이 낮았습니다. 옛날 신분 제도에 대해 여러분의 생각을 써 보세요.

어느새 여름이 지나고 가을이 되었다. 늦여름의 뙤약볕 아래 벼는 누렇게 여물었고, 저마다 고개를 깊이 숙인 채 타작할 때를 기다리고 있었다. 그사이 금동이도 키가 한 뼘이나 자랐다.

"엄마, 이번 타작할 때는 나도 돕고 싶어요."

"내후년쯤이면 모를까, 올해는 안 돼. 타작할 때에는 마당에 나오지 않는 거 알지? 방 안에 꼼짝 말고 있어."

엄마는 고개를 저었다. 타작은 보통 마당에서 하기 때문에 아이들이나 개가 마당에 돌아다니지 못하게 했다. 마당에 떨어진 알곡을 흩어 놓을까 경계하는 것이다.

타작을 하기 위해 금동이네 마당에 마을 어른들이 모였다. 논흙을 퍼다 평평하게 고른 마당에 *거적을 깔고 한가운데에 통나무를 놓았다.

금동이 아버지가 추수한 볏짚을 통나무에 대고 내리치자 알곡이 거적 위로 우수수 떨어졌다. 엄마와 다른 어른들이 거적 위에 쌓인 알곡을 쓸어 모았다. 거적을 넓게 깔아 놓아 알곡이 맨바닥에 떨어질 염려는 거의 없었다. 금동이는 방에 앉아 고개를 빼꼼히 내밀고 타작하는 것을 구경했다. 가득 쌓인 알곡을 보니 구경만 하는데도 배가 불렀다.

* **거적**: 짚을 두툼하게 엮거나, 새끼로 날을 하여 짚으로 쳐서 자리처럼 만든 물건.

언어 **1. 이 글의 내용으로 맞으면 ○표를, 틀리면 ×표를 하세요.**

(1) 여름에 타작을 하였다. (　　　　)
(2) 타작을 금동이네 마당에서 하였다. (　　　　)
(3) 어른, 아이 모두 도와 타작을 빨리 끝냈다. (　　　　)
(4) 벼의 알곡은 조심스럽게 한 톨 한 톨 손으로 떼었다. (　　　　)

사회 탐구 **2. 다음은 옛날 조상들이 타작하는 순서를 설명한 것입니다. 타작하는 순서에 맞게 번호를 쓰세요.**

① 마당에 떨어진 알곡을 쓸어 모은다.
② 마당에 논흙을 깔고 평평하게 다진다.
③ 벼를 통나무에 내리쳐 알곡을 떨어뜨린다.
④ 마당 한가운데에 거적을 깔고 통나무를 놓는다.

(　　　　) → (　　　　) → (　　　　) → (　　　　)

2주 4일 학습 끝!
붙임 딱지 붙여요.

논술 **3. 지금까지 살펴본 우리 조상들의 생활 모습에서 가장 체험해 보고 싶은 것을 골라 까닭과 함께 써 보세요.**

2주 05

되돌아봐요

1 다음은 옛날 사람들이 사계절에 행하였던 일들을 설명한 것입니다. 알맞은 것끼리 줄로 이으세요.

(1) 봄 •

(2) 여름 •

(3) 가을 •

(4) 겨울 •

• ㉠ 먹고살기 힘든 보릿고개를 이겨 내기 위해 나물과 칡을 캐서 먹었다.

• ㉡ 마을 사람들이 힘을 모아 추수를 하고 타작을 하였다.

• ㉢ 연날리기를 즐겨 했고, 정월 대보름이면 달을 바라보며 소원을 빌었다.

• ㉣ 어린아이들은 냇가에서 물놀이를 하거나 물고기를 잡았다.

2 다음은 옛날 여인들이 주로 사용하던 생활 도구입니다. 물건의 이름과 용도를 보기 에서 찾아 쓰세요.

보기
• 이름: 실패, 베틀, 썰매, 도리깨
• 용도: 풀무질, 길쌈, 타작, 물놀이

(1) 이름: ....

(2) 용도: ....

3 다음 중 옛날 사람들이 한옥을 지을 때 사용한 재료가 아닌 것은 무엇인가요? (　　　　)

① 돌　　② 나무　　③ 흙　　④ 기와　　⑤ 시멘트

4 옛날 사람들의 생활 모습으로 맞으면 ○표, 틀리면 ×표를 하세요.

(1) 단오에는 씨름을 했다. (　　　　)
(2) 옛날 사람들은 한복을 입었다. (　　　　)
(3) 서당은 마을 사람들의 놀이 공간이다. (　　　　)
(4) 옛날 사람들은 추수가 끝난 후에 단오 명절을 지냈다. (　　　　)

5 옛날과 오늘날 아이들의 생활 모습을 비교하여 서로 관계있는 것끼리 줄로 이으세요.

(1)

•　　　　• ㉠

(2)

•　　　　• ㉡

(3)

•　　　　• ㉢

궁금해요

20세기 사람들은 어떻게 살았을까?

조선 시대가 아닌 몇십 년 전만 하더라도 오늘날 우리들의 생활 모습과는 다른 점이 무척 많았어요. 여러분의 할아버지와 할머니, 그리고 엄마와 아빠의 어릴 적 생활 모습이 궁금하지 않나요? 타임머신을 타고 몇십 년 전으로 돌아가 볼까요?

Q 옛날에는 오후에 학교를 갔다는데 정말인가요?

▲ 오후반 수업을 기다리는 미동 초등학교 학생들

A 예, 정말이에요. 엄청 부럽다고요? 꼭 그렇지만은 않을걸요. 여러분의 부모님이 어릴 적에는 학생 수에 비해 학교가 많지 않았어요. 그래서 한 교실에서 60~70명이 수업을 했고, 그것도 모자라 오전반과 오후반으로 나누어 수업을 했어요. 1주일은 오전에 와서 수업을 받고 집으로 가고, 다음 1주일은 오전반 학생들이 돌아간 뒤인 오후에 등교를 해서 수업을 했어요.

Q 옛날 어린이들도 숙제를 했나요?

A 당연히 옛날에도 요즘처럼 숙제가 있었어요. 그중에는 아주 엽기적인 숙제도 있었지요. 바로 파리 잡기와 쥐 잡기였어요.

당시는 위생 상태가 오늘날보다 좋지 않았던 때라서 파리가 많았어요. 그런데 파리는 이곳저곳을 돌아다니며 병균을 옮길 수 있잖아요. 그래서 학생들에게 파리를 잡아 오라는 숙제를 내서 파리 수를 줄이고자 했답니다.

파리는 그렇더라도 쥐는 좀 징그럽지요? 쥐들은 병균을 옮길 뿐만 아니라 농사지은 곡식에도 큰 피해를 입혀서 전국적으로 쥐잡기 운동을 크게 벌인 적이 있어요. 그 당시 숙제는 잡은 쥐의 꼬리를 잘라 오는 것이었어요. 지금 같으면 상상도 못 할 숙제이지요.

Q 저는 놀이공원에 가는 걸 아주 좋아해요. 옛날에도 놀이공원이 있었나요?

A 우리나라에 어린이를 위한 놀이공원을 처음 만든 것은 1973년이었어요. 일제 강점기에 골프장이었던 곳을 어린이 놀이공원으로 만들었지요. 하지만 이때에는 지금처럼 신나는 놀이 기구가 없었어요. 그러다 몇 년 후인 1977년에 청룡열차, 다람쥐통 등 놀이 기구를 설치함으로써 본격적인 놀이공원의 모양을 갖추게 되었지요.

Q 저는 라면을 좋아하는데 옛날에도 라면을 먹었나요?

A 예, 우리나라에서 처음으로 라면을 만든 것은 1963년이었어요. 당시에는 먹을 것이 모자랐기 때문에 라면은 한 끼 식사를 할 수 있는 훌륭한 음식이었어요. 하지만 면과 스프를 넣어 끓여 먹는 인스턴트식품이 사람들에게는 매우 낯설었어요. 그래서 라면 회사에서는 라면 끓이는 방법을 미리 보여 주는 행사를 열었지요. 그 뒤부터 누구나 쉽게 먹었냐고요? 아니에요. 라면은 오늘날처럼 값이 싼 음식이 아니었거든요. 간편하게 만들어 먹을 수는 있지만 귀한 음식으로 여겨져서 손님이 오면 라면을 끓여 대접했다고 해요.

옛날 사람들의 생활 모습을 보니 지금과 비슷한 점도 있고 다른 점도 있지요? 옛날 사람들의 생활 모습 중 오늘날까지 이어졌으면 하는 것은 무엇인지 써 보세요.

2주 05

내가 할래요

팽팽한 활시위

다음 그림은 김홍도의 '활쏘기'라는 조선 시대의 풍속화입니다. 이 그림은 어떤 상황을 그린 것일까요? 상상의 나래를 펴서 그림 속 상황을 이야기로 만들어 보세요.

2주 학습 끝!

확인할 내용	잘함	보통임	부족함
1. 이번 주 학습을 5일(월요일~금요일) 안에 끝마쳤나요?			
2. 옛날 사람들의 다양한 생활 모습을 잘 이해하였나요?			
3. 등장인물의 마음이 되어 상상하기를 잘할 수 있나요?			
4. 옛날과 오늘날의 생활을 잘 비교할 수 있나요?			

2주 5일
학습 끝!

붙임 딱지 붙여요.

전하는 말

생각톡톡 조상들이 만든 과학 발명품 중 인쇄술의 발달과 더불어 학문의 발달에 큰 영향을 끼친 발명품은 무엇인지 보기 에서 찾아 쓰세요.

보기 온돌 경주 첨성대 측우기 금속 활자

( )

관련교과
[사회 5-2] 고려의 과학 기술과 수준 높은 문화재에 대해 알아보기, 조선의 발전을 위한 세종의 노력 알아보기
[사회 6-1] 영조, 정조 시기의 사회 발전 모습 알아보기
[과학 6-2] 지구의 공전에 대해 알아보기

3주

역사를 바꾼 겨레 과학

역사를 바꾼 겨레 과학

역사란 인류 사회가 세월의 흐름에 따라 바뀌고 변한 과정, 흥하고 망한 과정, 또는 그 기록을 말한다. 과학이나 예술 등 어떠한 사물이나 사실이 존재해 온 발자취를 역사라고도 한다. 인류의 삶은 크고 작은 사건과 다양한 사상들, 새로운 발명과 발전 등에 의해 변화했고, 그 변화를 통해 오늘날의 발전된 세상이 존재하게 되었다.

우리에게도 수백 년, 수천 년 동안 이어져 내려온 역사가 있다. 우리의 기나긴 역사는 과연 어떤 모습으로 이어져 왔을까?

역사를 바꾸고 만들어 간 여러 가지 중에서 특별히 살펴보고자 하는 것은 우리 겨레의 과학이다. 우리 겨레의 역사를 두고 과학과는 매우 거리가 먼 역사라고 평가하는 경우가 많다. 하지만 우리 겨레의 역사에는 자랑할 만한 과학적 발자취가 있다. 우수한 과학적 사고를 바탕으로 체계적인 농사를 지었고, 학문과 건축에 뛰어난 과학 기술을 도입했으며, 여러 가지 놀라운 발명품을 만들어 냈다.

물론 한 사람만의 힘으로 가능한 것은 아니었다. 흔히 역사라고 하면 대단한 위인이 나오고 극적인 사건이 일어난 때를 생각한다. 하지만 역사는 이 땅을 살다 간 모든 사람들의 삶 속에서 만들어진 것이며, 우리 역사를 빛낸 겨레 과학도 마찬가지 과정으로 만들어졌다.

언어 **1. 이 글의 내용으로 알맞은 것 두 가지를 고르세요. (   )**

① 역사는 왕만 만들 수 있다.
② 큰 사건만이 역사라고 할 수 있다.
③ 역사는 사람들의 삶 속에서 만들어진다.
④ 역사를 바꾸는 것은 정치가만 할 수 있는 일이다.
⑤ 우리 겨레의 역사에는 세계에 자랑할 만한 과학적 발자취가 담겨 있다.

사회 탐구 **2. 다음 중 건축과 관계있는 우리나라의 과학 발명품은 어느 것인가요? (   )**

① 
앙부일구

② 
봉수대

③ 
맷돌

④ 
거중기

논술 **3. '역사는 반복된다'는 말이 있습니다. 이 말과 관련지어 우리가 지나간 역사를 바로 알아야 하는 까닭은 무엇인지 써 보세요.**

3주 01

측우기가 바꾼 우리의 역사

농사를 지으면서 새로운 역사를 쓰기 시작한 인류는 자연에 더 관심을 쏟기 시작했다. 농사를 짓는 데에는 인간의 노력뿐 아니라 태양, 비, 바람과 같은 자연의 도움이 필요하기 때문이다. 언제 씨를 뿌려야 싹이 잘 날지, 언제쯤 햇볕이 뜨거울지, 언제쯤 비를 적당히 내려줄지 주의 깊게 살펴야 한다. 다시 말해서 농사를 짓는 일은 인간과 자연이 잘 어우러질 때 가능한 일인 것이다.

농사를 지어 먹고살았던 우리 조상들은 자연 현상에 매우 민감했다. 특히 가뭄이 들어 논밭이 마르거나, 홍수가 나 농작물이 물에 떠내려가는 것은 매우 심각한 일이었다.

어떻게 하면 이런 문제를 해결하고 수확량을 늘릴 수 있을 것인가? 사람들에게는 이 점이 큰 고민거리였다. 그리고 이것은 나라를 다스리는 왕의 고민이기도 했다. 농경 사회였던 옛날에는 가뭄이 들거나 홍수가 나는 것은 왕의 덕이 부족한 탓이라고 여겼다. 왕에게는 절대적인 힘이 주어졌지만 그만큼 무거운 책임도 따랐던 것이다.

그 무거운 책임을 완수*하려고 누구보다 열심히 노력한 왕이 세종 대왕이다. 세종 대왕은 하늘에서 내리는 비의 양과 비가 내릴 때를 알아야 백성들이 편히 농사를 지을 수 있다고 생각했다.

* **완수**: 뜻한 바를 완전히 이루거나 다 해냄.

사회 탐구 **1. 다음 중 인류가 농사를 지으면서 자연에 더 관심을 쏟기 시작한 까닭은 무엇인가요? (　　　　)**

① 자연을 지배하기 위해서
② 전쟁에 도움을 받기 위해서
③ 날씨가 장사에 영향을 미쳐서
④ 날씨가 건강에 영향을 미쳐서
⑤ 농사를 짓는 데 자연의 도움이 필요해서

사회 탐구 **2. 이동 생활을 하면서 먹을거리를 구하던 인류가 농사를 짓기 시작하면서부터 생활에 큰 변화가 생겼습니다. 인류 역사에서 다음 설명과 관계있는 큰 변화를 무엇이라고 하는지 보기 에서 찾아 쓰세요.**

보기 디지털 혁명　　농업 혁명　　산업 혁명　　정보 혁명　　민주 혁명

인류는 농사를 짓기 시작하면서부터
정착 생활을 하게 되었고, 토기를 만들어 생산된 식량을
저장했어요. 그리고 여러 가지 농기구도 만들었지요. 이렇게
농업이 점차 발달해 생산량이 많아지자 사람들은 부족을 이루었고,
국가를 세웠으며, 왕을 뽑았어요.

(　　　　　　　　　　)

논술 **3. 농경 사회에서 왕과 같은 지도자가 해야 할 일은 무엇일지 써 보세요.**

세종 대왕의 명령으로 만들어진 발명품은 '측우기'였다. 당시 조선에서는 지역마다 내린 비의 양을 측정해 조정에 보고했다. 이것은 조선에서 내린 전체 비의 양을 *통계 내는 데 이용되었다. 그런데 지역마다 비의 양을 재는 기구가 달라서 정확한 통계를 낼 수가 없었다. 하지만 측우기를 사용하면서 그런 문제는 간단하게 해결되었다.

측우기는 비의 양을 재는 기구이다. 1442년에 만들어진 측우기는 높이 약 32센티미터, 지름 약 15센티미터의 철제 원통 모양으로, 세계 최초의 *강우량 측정기였다. 원리는 간단했다. 비 온 뒤에 원통에 고여 있는 빗물의 깊이를 재는 것이다. 지역마다 같은 모양의 측우기를 만들어 보내면 마을의 수령이 비의 양을 재서 조정에 보고했다. 그로 인해 조선에서는 비의 양을 보다 정확하게 통계를 낼 수 있었다.

측우기의 발명으로 조선은 1442년부터 전국적으로 비의 양을 재고 통계를 내는 작업을 시작했다. 세계 어디에도 조선만큼 비의 양을 정확하게 재고 기록한 나라가 없었다. 실제로 우리나라의 측우기는 이탈리아의 카스텔리가 만든 것보다 약 200년은 앞선 것이었다. 이를 통해 우리나라는 조선 시대부터 이미 과학적 통계 자료를 생활 속에서 활용했음을 알 수 있다.

* **통계**: 어떤 현상을 종합적으로 한눈에 알아보기 쉽게 일정한 체계에 따라 숫자로 나타낸 것.
* **강우량**: 일정 기간 동안 일정한 곳에 내린 비의 분량.

사회 탐구 **1. 이 글에서 비가 내릴 때 조선의 각 지역에서 한 일은 무엇인가요? (　　　　　)**

① 여행을 금지시켰다.
② 외출을 금지시켰다.
③ 측우기를 여러 개 만들었다.
④ 지역마다 나막신을 만들었다.
⑤ 측우기로 비의 양을 재서 조정에 보고했다.

사회 탐구 **2. 다음에서 설명하는 조선 시대의 과학 발명품을 쓰세요.**

조선 시대에 강우량을 재던 기구이다. 세계 최초의 강우량 측정기이며, 세종 대왕 때 처음 만들어 전국에 보급했다. 높이 약 32센티미터, 지름 약 15센티미터의 철제 원통 모양이다. 비 온 뒤에 원통에 고여 있는 빗물의 깊이를 재고, 비가 내리기 시작한 시간과 그친 시간을 기록하게 하였다.

(　　　　　　　　　　　　　)

3주 1일 학습 끝!
붙임 딱지 붙여요.

논술 **3. 우리 조상들은 측우기를 이용해서 비의 양을 꾸준히 기록해 통계를 냈습니다. 이렇게 비의 양을 기록하여 얻은 통계 자료가 일상생활에 어떤 도움이 될지 써 보세요.**

측우기는 바닥보다 살짝 높은 대 위에 올려놓고 비의 양을 측정하였다. 대를 높이면 주변의 빗물이 튀어 측우기에 들어가는 것을 막을 수 있기 때문이다.

측우기를 이용한 강우량의 통계는 해마다 차곡차곡 쌓였다. 나라에서는 해마다 같은 기간에 내린 비의 양을 비교하고 분석할 수 있었다. 번거로운 일 같지만 이러한 통계는 농사짓기에 중요한 자료로 사용되었다. 나라에서 통계를 바탕으로 비의 양을 예측하여 알려 주면 백성들은 가뭄과 홍수에 대비했다. 이처럼 자연 현상은 인간의 힘으로 바꿀 수는 없지만 세밀하게 살피면 자연의 힘을 이용하는 방법을 찾을 수 있다.

측우기와 같은 우수한 발명품들 덕분에 세종 대왕 통치 기간에 조선은 *태평성대였다. 과학의 발달이 농사에 영향을 미치고, 농사가 잘됨으로써 백성과 나라도 평안했던 것이다.

측우기를 이용한 강우량 측정은 계속 이어지다 임진왜란이 일어나면서 기록이 끊겼다. 하지만 1770년부터 다시 기록이 이어져 오늘날까지 서울에 내린 비의 양이 통계 자료로 남아 있다. 이는 세계적으로 놀라운 기록이기도 하다.

※ **태평성대(太平聖代)**: 어진 임금이 나라를 잘 다스리는 태평한 세상이나 시대.

언어 1. 이 글에서 '어진 임금이 나라를 잘 다스리는 태평한 세상이나 시대'를 나타내는 한자 성어를 찾아 쓰세요.

과학 탐구 2. 자연의 힘은 매우 놀랍습니다. 그래서 사람들은 자연의 힘을 생활에 이용하려는 시도를 많이 합니다. 다음 사진의 발전기는 자연의 어떤 힘을 이용하는 것인가요? (　　　　)

① 물
② 바람
③ 햇빛
④ 파도
⑤ 공기

논술 3. 이 글에서 우리 조상들은 일찍부터 비의 양을 꼼꼼하게 기록했다는 것을 알 수 있습니다. 이처럼 어떤 일을 꼼꼼하게 기록해 두면 좋은 점을 실제 생활에서의 예를 들어 써 보세요.

3주 02 금속 활자가 바꾼 우리의 역사

우리 조상들의 과학적인 사고는 문화, 예술 분야에서도 큰 변화를 일으켰다.

중국에서 종이 만드는 기술이 전해진 뒤, 조상들은 더 품질이 좋고 오래가는 우리 고유의 종이를 만들어 냈다. 이어서 *활자를 만들어 종이에 인쇄하는 방법까지 개발했다. 손으로 한 글자 한 글자 베끼어 쓰는 것에 비해 활자 인쇄는 원본을 훼손하지 않고 보다 빨리 많은 책을 만들어 내는 장점이 있었다.

처음에 활자를 만든 재료는 나무였다. 나무에 글자를 새긴 뒤 종이에 찍어서 책을 만들었다. 그런데 나무 활자는 시간이 지나면 쉽게 무뎌져 글자 모양이 흐릿해지는 단점이 있었다. 그래서 조상들은 단단한 금속으로 활자를 만들었다. 금속 활자는 놋쇠 · 납 · 무쇠 등을 녹인 뒤 틀에 부어 만든 활자였다. 이 기술은 독일의 *구텐베르크가 만든 금속 활자보다 200여 년이나 앞선 것이었다.

금속 활자를 만드는 데는 뛰어난 과학 기술이 필요하다. 글자를 정교하게 표현하려면 금속을 능수능란하게 다룰 수 있어야 한다. 우리 조상들은 오래전부터 금속을 잘 다루기로 유명했다. 청동기 시대에 이미 금속을 녹여 청동 검을 만들었고, 삼국 시대에 한반도 남쪽에 있던 가야는 금속을 다루는 솜씨가 뛰어나 주변 나라에 금속을 수출하기까지 했다.

* **활자**: 네모난 모양의 금속 또는 나무 윗면에 문자나 기호를 볼록 튀어나오게 새긴 것.
* **구텐베르크**: 독일의 활판 인쇄 발명자. 활자를 만들고 인쇄기를 발명하여 1455년경 "구텐베르크 성서"를 출판함.

사회 탐구 1. 다음 ㉠~㉣에 들어갈 알맞은 말을 이 글에서 찾아 써 보세요.

처음에 활자를 만든 재료는 (㉠)였다. 그런데 (㉡)는 시간이 지나면 쉽게 무뎌져 글자 모양이 흐릿해지는 단점이 있었다. 그래서 조상들은 단단한 (㉢)으로 활자를 만들었다. (㉣)는 놋쇠 · 납 · 무쇠 등을 녹인 뒤 틀에 부어 만든 활자였다.

▲ "직지심체요절"의 활자판

㉠ ( ) ㉡ ( ) ㉢ ( ) ㉣ ( )

사회 탐구 2. 이 글에서 우리 민족이 금속을 잘 다루었다는 예로 든 대표 유물은 어느 것인가요?

( )

① 
자격루

② 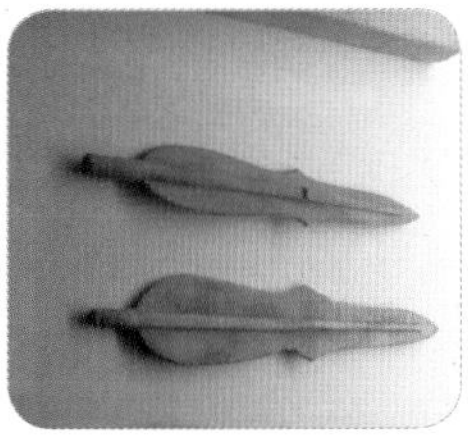
청동 검

③ 
거중기

④ 
앙부일구

논술 3. 우리 조상들은 품질이 좋고 오래가는 우리 고유의 종이를 만든 것은 물론 금속 활자도 세계 최초로 만들었습니다. 우리 조상들이 금속 활자를 일찍부터 만들 수 있게 된 까닭을 써 보세요.

금속을 다룰 수 있는 기술은 당시 나라를 부강하게 만드는 힘이 되었다. 금속으로 만든 무기와 농기구로 나라의 전투력과 경제력을 높였기 때문이다.

우리 조상들은 여기에서 멈추지 않고 과학 기술을 더 발전시켜 금속 활자를 만들었다. 그 결과 금속 활자는 우리나라 학문 발달에 큰 영향을 미쳤다. 금속 활자로 더 많은 책을 만들어 낼 수 있었기 때문에 책 보급이 활발해졌고, 학자들이 책을 쓰는 일도 많아졌다. 이것은 자연스럽게 학문의 발달로 이어졌고, 그로 인해 더 많은 사람들이 손쉽게 책을 접하고 학문을 닦을 수 있게 되었다.

1372년 고려 시대에 만들어진 "직지심체요절"은 세계에서 가장 오래된 금속 활자 책이다. 이 책은 석가모니의 말씀을 중요한 대목만 뽑아 해설한 것인데, 1377년에 인쇄된 것이 현재까지 남아 있다.

이 책은 구텐베르크가 금속 활자로 찍어 낸 성서보다 약 80년이나 앞서 만들어졌으며, 2001년에 유네스코 세계 기록 유산으로 선정되었다. 한편 유럽에서도 구텐베르크가 금속 활자를 이용한 인쇄 기술로 성서를 만들어 냄으로써 유럽의 역사는 종교와 사회, 예술 분야 등에서 큰 변화를 겪었다.

사회 탐구 1. 이 글에서 말한 금속 활자가 우리나라에 미친 영향은 무엇인가요? (　　　　)

① 책이 비싸졌다.
② 책의 수가 줄었다.
③ 책이 더욱 귀해졌다.
④ 학문이 발달하지 못했다.
⑤ 책이 늘어 학문이 발달했다.

사회 탐구 2. 다음에서 민희와 용준이가 말하고 있는 우리 문화재의 이름을 쓰세요.

(　　　　　　　　　　)

3주 2일 학습 끝!

붙임 딱지 붙여요.

논술 3. 우리나라는 일제 강점기를 겪으면서 많은 문화재들이 일본을 비롯한 여러 나라로 반출되었습니다. 이들 문화재 반환에 대하여 그 나라들을 상대로 설득하는 글을 써 보세요.

03 거중기가 바꾼 우리의 역사

조상들의 눈부신 과학 기술은 조선 시대에 만들어진 수원 화성에서도 찾아볼 수 있다. 조선의 *중흥기를 이끌었던 정조는 수원에 새로운 도시를 건설하겠다는 계획을 세우고 수원 화성을 짓기로 결심했다.

정조는 이 중요한 임무를 정약용에게 맡겼다. 정약용은 많은 책을 쓴 학자이며, 실제 생활에 쓸모 있는 과학이나 기계에도 관심을 가지고 늘 연구하는 신하였다. 그전에는 한강에 배다리를 만들어 정조의 인정을 받기도 했다. 배다리는 작은 배들을 한 줄로 나란히 띄워 놓고 그 위에 널판을 건너질러 놓은 다리이다.

정조는 수원 화성이 완공되는 데 10년이 걸릴 것이라고 예상했다. 하지만 수원 화성은 3년이 채 걸리지 않아 완공되었다. 이렇게 수원 화성을 빨리 완공할 수 있었던 것은 정약용이 과학 원리를 건축에 이용했기 때문이다.

성을 지으려면 크고 무거운 돌을 계속 쌓아 올려야 한다. 정약용은 수원 화성을 돌과 벽돌을 이용하여 만들기로 했다. 처음부터 설계를 꼼꼼하게 했고, 큰 돌을 옮기는 것이 가장 힘들고 중요한 일인 만큼 이 문제를 해결하기 위해 여러 날 고민했다. 옛날에는 오늘날에 사용하는 *중장비 기계가 없었기 때문에 정약용은 다른 손쉬운 방법을 생각해야 했다.

* **중흥기**: 쇠퇴하던 것이 중간에 다시 크게 일어난 시기.
* **중장비**: 토목 공사에 쓰는 중량이 큰 기계를 통틀어 이르는 말.

언어 **1. 이 글에서 정조가 세운 새로운 계획은 무엇인가요? (   )**

① 배다리를 만드는 것
② 더 많은 책을 쓰는 것
③ 정약용의 벼슬을 높이는 것
④ 크고 웅장한 궁전을 짓는 것
⑤ 수원에 새로운 도시를 건설하는 것

사회 탐구 **2. 다음에서 설명하는 '나'는 누구인지 쓰세요.**

'나'는 누구일까요?

'나'는 조선 정조 때의 문신이고, 호는 다산이에요. 실학을 연구하여 집대성하였고, "목민심서", "경세유표"와 같은 책을 썼지요. 수원 화성 건축 당시 거중기를 만들어 내서 예상보다 빨리 성을 완공하기도 했어요.

(   )

논술 **3. 수원 화성 건축은 규모가 매우 크고 중요한 공사였습니다. 여러분이 왕이라면 이 공사를 어떤 사람에게 맡길지 그 까닭과 함께 써 보세요.**

정약용은 중국에서 들여온 과학책들을 보며 연구하기 시작했다. 당시 조선에는 정약용처럼 생각하는 실학자*들이 많았다. 실학자들은 학문이 실제 생활에 쓸모가 있어야 한다고 생각하고, 서양의 과학에 많은 관심을 기울였다.

정약용은 실학자들을 이끌었던 사람인 만큼 수원 화성을 지을 때도 과학적인 도구 연구에 열중했다. 그 결과 '거중기'라는 놀라운 기계를 만들어 냈다. 거중기는 무거운 돌을 큰 힘을 들이지 않고 들어 올릴 수 있는 기구였다.

거중기에는 도르래의 원리가 이용되었다. 도르래는 바퀴에 홈을 파고 줄을 걸어서 돌림으로써 물건을 움직이는 장치이다. 한쪽 줄에 물건을 매달고 반대쪽에서 줄을 잡아당기면 무거운 물건도 쉽게 들어 올릴 수 있다. 우물의 두레박도 도르래에 걸어서 사용한다. 한쪽 줄에 두레박을 걸고 다른 쪽 줄을 손으로 잡아당겨 두레박을 들어 올리는 것이다. 이것은 어차피 들어가는 힘은 같지만 힘을 주는 방향을 바꾸어 더 편하게 들어 올리는 원리이다.

도르래를 여러 개 사용하면 힘도 줄일 수 있다. 도르래 하나를 연결하면 힘의 방향만 바꿔주지만 도르래를 두 개 이상 연결하면 당겨야 하는 줄의 길이는 길어지지만 힘은 적게 든다. 이렇게 하면 적은 힘으로도 무거운 물건을 들어 올릴 수 있다.

* **실학자:** 실제로 생활에 쓸모가 있는 학문을 연구하는 학자.

사회 탐구 **1. 정약용은 거중기를 만들기 위해 어떤 노력을 기울였나요? (　　　　)**

① 장영실에게 부탁했다.
② 서양 사람에게 만들어 달라고 했다.
③ 중국 사람을 불러 만들어 달라고 했다.
④ 중국에서 들여온 과학책을 보며 연구했다.
⑤ 외국에서 거중기를 사들여 와 똑같이 만들었다.

과학 탐구 **2. 다음 중 도르래를 이용한 물건은 어느 것인가요? (　　　　)**

① 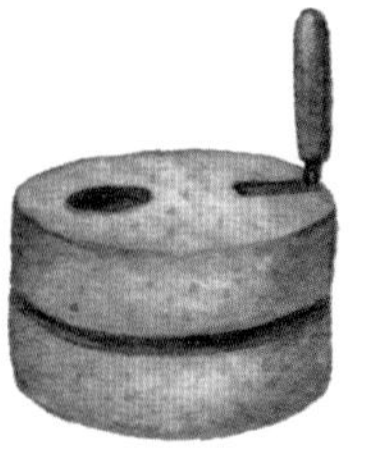
맷돌

② 
인두

③ 
절구

④ 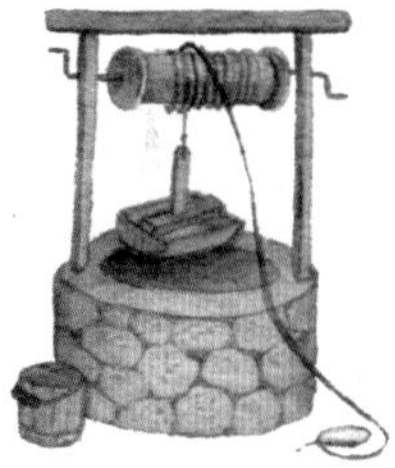
두레박

논술 **3. 다음은 정약용이 아들에게 설명한 독서법이에요. 다음과 같이 독서를 하면 좋은 점은 무엇인지 써 보세요.**

헛되이 읽기만 하면 천 번을 읽어도 소용이 없다. 독서는 한 글자라도 모르는 것이 나오면 뿌리를 찾아 알아내야 한다. 그렇게 하면 한 권을 읽어도 수백 가지 책을 엿보는 것이다.

정약용은 이러한 도르래의 원리를 이용하여 거중기를 완성했다. 거중기는 먼저 평평한 땅에 기계를 놓고 도르래를 위아래에 각각 네 개씩 연결했다. 그리고 아래 도르래 밑으로 돌을 달아맨 다음, 도르래의 양쪽을 잡아당길 수 있는 밧줄을 연결했다. 밧줄을 편하게 잡아당기기 위해서 물레를 설치했는데, 이 물레를 감아 돌리면 도르래에 연결된 줄을 통해 돌이 위로 들어 올려진다.

정약용은 도르래의 원리를 이용하여 '녹로'라는 기구도 만들었다. 녹로는 높은 곳이나 먼 곳으로 돌을 달아 올리거나 끌어당길 때 쓰는 기구였다.

성을 쌓을 때 가장 시간이 많이 들고 힘든 일이 돌을 들어 올리는 것이었는데, 거중기와 녹로로 이 문제를 해결하고 나니 화성 공사가 매우 빠르게 진행되었다. 그 덕분에 10년은 걸릴 공사가 3년 만에 끝나고, *부역을 나온 백성들도 일을 빨리 마치고 집으로 돌아갈 수 있었다.

거중기를 이용하여 완성된 수원 화성은 빼어난 건축물로 전해져 오늘날 유네스코 세계 문화유산에도 선정되었다. 거중기라는 과학적인 도구가 수백 년이 지난 지금까지 우리 역사를 빛내고 있는 것이다.

* **부역**: 나라에서 특정한 공익사업을 위하여 보수 없이 국민에게 의무적으로 책임을 지우는 일.

사회 탐구 1. 정약용이 수원 화성을 3년 만에 완공할 수 있었던 까닭은 무엇인가요? (　　　　)

① 전국 백성들을 총동원해서
② 계획했던 규모보다 작게 만들어서
③ 거중기와 같은 기계들을 이용해서
④ 정조가 빨리 지으라고 재촉을 해서
⑤ 무거운 돌 대신 짚단으로 성을 쌓아서

사회 탐구 2. 우리나라에는 수원 화성 외에도 많은 세계 문화유산이 있습니다. 다음 세계 문화유산에 대한 설명을 찾아 줄로 이으세요.

(1) 
창덕궁

(2) 
수원 화성

(3) 
종묘

㉠ 조선 정조 때 지어진 성으로, 성을 짓는 데 거중기, 녹로 등의 건축 기구를 활용했다.

㉡ 조선 시대의 궁궐로, 광해군 때부터 고종 때까지 임금들이 이곳에서 나랏일을 보았다.

㉢ 조선 시대 때 돌아가신 왕과 왕비 등의 신주를 모신 왕가의 사당이다.

3주 3일 학습 끝!
붙임 딱지 붙여요.

논술 3. 세계 문화유산은 유네스코라는 국제기구에서 선정하여 보호하고 있는 인류의 유산입니다. 유네스코에서 세계 문화유산을 선정하여 보호하는 까닭을 써 보세요.

UNESCO
▲ 유네스코 로고

화약이 바꾼 우리의 역사

10세기경, 중국에서는 세계가 깜짝 놀랄 만한 발명을 이루어 냈다. '꽝' 하는 천둥소리로 사람들의 심장을 떨게 만든 이 발명품은 바로 화약이었다.

화약을 놀라운 발명으로 여기는 것은 뭐니 뭐니 해도 전쟁의 역사를 바꾸었기 때문이다. 화약은 무서운 파괴력을 가지고 있어서 전쟁에서 강력한 무기가 되었다.

이러한 까닭에 세계 여러 나라가 화약 만드는 기술을 알고 싶어 했다. 하지만 중국은 화약 만드는 기술을 꼭꼭 숨기고 아무에게도 알려 주지 않았다.

우리나라에도 화약 만드는 기술을 얻기 위해 애를 쓴 사람이 있었다. 바로 고려 시대의 장군인 최무선이었다. 당시 고려는 원나라의 간섭에서 겨우 벗어난 상태였다. 원나라는 막강한 힘으로 우리나라를 수차례 침략하였고, 80여 년 동안이나 고려의 정치를 시시콜콜 간섭하였다.

고려 말 원나라는 갑작스러운 분열로 우리나라에서 물러갔지만 다른 곳에서의 골칫거리가 남아 있었다. 남해와 황해 바닷가에 왜구의 침략이 잦은 것이었다. 허구한 날 왜구가 바닷가 마을로 쳐들어와 노략질*을 하는 바람에 백성들의 삶은 매우 힘들고 불안하였다. 최무선은 하루빨리 화약을 만들어 왜구를 물리쳐야겠다고 생각했다.

* **노략질**: 떼를 지어 돌아다니며 사람을 해치거나 재물을 강제로 빼앗는 짓.

언어 **1. 이 글에서 중국이 화약 만드는 기술을 어느 나라에도 알려 주지 <u>않은</u> 까닭은 무엇인가요? (　　　　)**

① 전쟁이 일어나는 것을 좋아해서
② 우리나라에만 주기로 몰래 약속해서
③ 화약 만드는 기술이 완전하지 않아서
④ 화약보다 좋은 무기를 만들어 팔기 위해서
⑤ 화약 만드는 기술 덕분에 다른 나라가 중국보다 막강해지는 것이 두려워서

사회 탐구 **2. 인류 역사를 바꾼 중국의 3대 발명품을 (　　) 안에 쓰세요.**

한나라의 채륜이 (　　　　　　　)를 발명하기 전까지는 대나무나 비단에 글을 적었다. 하지만 '이것'이 발명된 이후에는 글이 널리 보급되었다. 또 이슬람 상인들을 통해 전 세계에 '이것'이 전해지면서 인류 역사에 큰 변화를 가져왔다. (　　　　　　　)은 송나라 때 만들어졌는데, 항로를 개척하여 세계의 무역로를 바꾸는 데 큰 역할을 했다. (　　　　　　　)은 송나라 말기에 만들어졌는데, 서양에서 기사 계급의 몰락을 가져왔고, 총을 발명하는 데 중요한 바탕이 되었다.

논술 **3. 과학의 발달은 언제나 좋은 점만 있는 것은 아닙니다. 자동차의 발달은 생활을 편리하게 해 주지만 반대로 사람들을 어려움에 처하게 할 수도 있습니다. 자동차의 발달이 사람들에게 미칠 해로운 점을 써 보세요.**

최무선은 중국에서 온 상인이나 사신들에게 화약 만드는 법을 여러 차례 물어 어떻게든 화약 만드는 법을 배우려고 하였다. 하지만 어느 누구도 알려 주지 않았다.

그는 일부러 중국인을 집에 초대하여 극진히 대접하면서 화약 만드는 법을 배우려고 하였지만 그것도 쉽지 않았다. 그러다 이원이라는 중국 사람을 만나 화약 만드는 법에 대해 듣게 되었고, 결국 최무선은 화약을 직접 만들기로 결심했다.

최무선은 집 한쪽에 화약을 만들기 위한 실험실을 꾸몄다. 그리고 화약 재료인 염초와 유황, 숯가루를 구해 밤낮없이 실험했다. 실험실에서는 이따금씩 '펑' 하는 소리가 들려와 집안 사람들이 깜짝깜짝 놀라기도 했다.

최무선은 쉼 없이 연구했다. 하지만 화약의 주된 재료인 염초를 만들어 내기가 쉽지 않았다. 최무선은 부엌 아궁이의 재나 마루 밑의 흙을 물에 섞어 끓여 보는 등 연구를 거듭한 결과, 염초를 만드는 데 성공했다. 중국인들이 만든 화약을 우리나라에서도 직접 만들게 된 것이다.

최무선은 화약을 만드는 연구에만 그치지 않고 우리나라 최초의 로켓으로 알려진 주화, 불화살의 일종인 유화, 화약이 거침없이 발사되어도 거뜬히 견뎌 내는 *화포 등 50가지가 넘는 신식 무기를 개발했다. 게다가 신식 무기들을 실을 수 있는 전선까지 만들었다.

* **화포**: 대포 따위처럼 화약의 힘으로 탄환을 내쏘는 대형 무기.

언어 **1. 최무선이 화약을 만들기 위해 노력한 것이 <u>아닌</u> 것 두 가지를 골라 보세요.**

( )

① 중국에 가서 몰래 비법을 훔쳐 왔다.
② 집에 실험실을 만들어 오랫동안 연구했다.
③ 중국에서 온 상인이나 사신을 붙잡고 물어보았다.
④ 화약 만드는 법을 배우려고 중국인을 초대해서 대접했다.
⑤ 중국의 화약 기술자들을 고용해 사람들 앞에서 만들어 보게 했다.

사회탐구 **2. 다음 중 최무선이 만든 신식 무기에 모두 ○표를 하세요.**

(1)

주화 ( )

(2)

전선 ( )

(3)
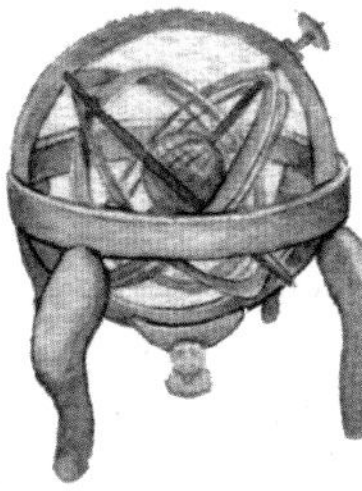
혼천의 ( )

(4)

화포 ( )

논술 **3. 화약의 발명은 전쟁의 역사를 뒤바꾸었습니다. 화약이 만들어지기 전후의 전쟁 상황을 비교하여 달라진 점을 써 보세요.**

우왕 6년(1380년) 8월에 왜구는 500여 척의 왜선을 이끌고 오늘날의 금강 하구인 진포를 침략했다. 노략질을 일삼던 왜구가 힘을 모아 한꺼번에 쳐들어온 것이다. 왜구는 배들을 연안에 정박시켜 놓고 육지에 올라와 무자비하게 약탈했다. 왜구의 야만적인 약탈로 인하여 많은 백성들이 목숨을 잃고 곡간*이 텅텅 비게 되었다.

조정에서는 최무선을 다른 장수들과 함께 진포로 급히 보냈다. 고려군은 전함 100여 척을 거느리고 왜구와 맞섰다. 최무선은 이 전쟁에서 자신이 만든 화포와 화통을 사용할 생각이었다. 왜구는 수적으로 우세하다고 생각했는지 무턱대고 고려군을 공격했다. 최무선이 명령을 내리자 고려군도 화포와 화통을 쏘아 올렸다.

화약이 터지는 소리는 하늘을 뚫을 듯 요란했고, 왜구는 깜짝 놀라 제대로 공격 한번 해보지 못하고 무너지고 말았다. 화포가 불을 뿜을 때마다 왜선은 산산조각이 났고, 사방에서 불길이 치솟아 올랐다. 물에 뛰어들거나 불에 타 죽은 왜구의 수도 헤아릴 수 없이 많았다. 이렇게 고려군은 최무선이 만든 화약 덕분에 큰 승리를 거두었다.

이 밖에도 우리 역사를 바꾼 위대한 과학 기술이나 발명품은 많다. 이들 과학 유산에 담긴 조상들의 독창적이고 우수한 정신을 소중히 여기고 발전시킬 수 있어야 한다.

* **곡간**: 곡식을 보관해 두는 곳간.

언어 **1. 이 글에서 우왕 6년에 일어난 큰 사건은 무엇인가요? (　　　　　)**

① 화약이 터진 일
② 왜구와 화해한 일
③ 최무선이 장군이 된 일
④ 최무선이 중국인을 초대한 일
⑤ 왜구가 500여 척의 왜선을 이끌고 쳐들어온 일

사회 탐구 **2. 화약을 만들 수 있게 된 뒤로 우리나라의 군사력은 크게 높아졌습니다. 다음은 조선 시대의 신식 무기 중 한 가지입니다. 사진과 설명을 보고 무기의 이름을 쓰세요.**

- 세종 30년(1448년)에 만들어진 조선 시대의 로켓 추진 화살이다.
- 고려 시대에 최무선이 발명한 주화를 바탕으로 만든 것이라고 한다.
- "병기도설"에 기록된 바에 따르면 1592년 임진왜란 당시 거북선과 함께 활용되었다고 한다.

(　　　　　　　　　　)

3주 4일 학습 끝!
붙임 딱지 붙여요.

논술 **3. 역사에는 과학의 발달로 생겨난 변화들이 무척 많습니다. 예를 들어 적군의 위치를 파악하기 위해 만든 내비게이션은 이후 사람들의 일상생활에 큰 영향을 미쳤습니다. 내비게이션으로 인한 일상생활의 변화를 써 보세요.**

되돌아봐요

1 이 글에서 사용된 낱말 중 맞춤법이 <u>틀린</u> 것 두 가지를 고르세요. (　　　　　　)

① 널판　　② 수차례　　③ 여러 차례　　④ 허구하다　　⑤ 능수능난하다

2 '역사를 바꾼 겨레 과학'에서 다룬 우리 겨레의 뛰어난 과학 문화재가 <u>아닌</u> 것 두 가지를 고르세요. (　　　　　　)

①
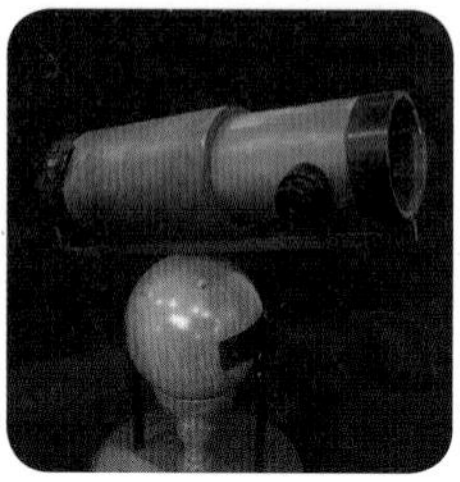
망원경

②

측우기

③

자동차

④

금속 활자

3 다음은 과학 발명품을 만들어 겨레의 역사에 큰 영향을 끼친 인물입니다. 각 인물과 관련 있는 내용을 찾아 줄로 이으세요.

(1)

세종 대왕　•

(2)

정약용　•

(3)

최무선　•

• ㉠ 무거운 돌을 쉽게 들어 올릴 수 있는 거중기를 만들어 수원 화성 건축에 큰 영향을 끼친 사람이다.

• ㉡ 고려 말 직접 화약을 만들어 우리나라를 침범하는 왜구들을 크게 무찔러 낸 사람이다.

• ㉢ 비의 양을 재는 도구인 측우기를 만들어 농경 사회였던 우리나라 백성들의 삶에 많은 영향을 끼친 사람이다.

4 '역사를 바꾼 겨레 과학'에 나오는 여러 문화재 중 도르래의 원리를 이용하여 만든 다음 문화재의 이름을 써 보세요.

□□□

5 '역사를 바꾼 겨레 과학'의 내용에 맞으면 ○표를, 틀리면 ×표를 하세요.

(1) 측우기는 철제 원통 모양이다. (　　　)
(2) 거중기를 만든 정약용은 실학자이다. (　　　)
(3) 금속 활자 이후 나무 활자가 발명되었다. (　　　)
(4) 거중기는 수원 화성을 짓는 데 이용되었다. (　　　)
(5) 측우기는 강우량을 재는 세계 최초의 기구이다. (　　　)
(6) 가장 오래된 금속 활자본은 "구텐베르크 성서"이다. (　　　)
(7) 최무선은 중국인들을 만나 화약 만드는 법을 쉽게 배웠다. (　　　)

6 다음 밑줄 그은 낱말을 이용하여 보기 처럼 짧은 글을 지어 보세요.

보기 원나라는 막강한 힘으로 우리나라를 수차례 침략하였고, 80여 년 동안이나 고려의 정치를 시시콜콜 간섭하였다.

인류 역사를 바꾼 과학사의 큰 사건

인류의 역사는 과학의 발달, 전쟁, 혁명 등을 통해 큰 변화를 겪었어요. 그중에서도 과학의 발달은 인류의 사고와 생활 방식을 바꾸는 큰 사건이었지요. 이렇게 인류 역사를 바꾼 과학사의 큰 사건에는 무엇이 있을까요?

▲ 활비비로 불을 피우는 사람

불의 발견 - 50만 년 전

인류 역사를 변화시킨 과학사의 큰 사건 중 첫 번째는 불의 발견입니다. 선사 시대만 해도 인류에게 불은 매우 두려운 존재였어요. 하늘에서 번개가 번쩍일 때마다 인류는 그 불빛을 보고 신이 화가 났다고 생각했지요. 그러다 아주 우연히 불을 발견하게 되었어요. 아마도 번개가 나무에 떨어져 만들어 낸 불이었을 거예요. 이후 사람들은 불로 고기를 맛있게 익혀 먹었고, 추위를 이겨 냈어요. 이렇게 자연의 일부였던 불이 인간에게 오게 되었고, 신처럼 여기며 두려워했던 불을 인간이 이용하기 시작한 것이지요. 사람들은 불 덕분에 추위와 어둠을 이겨 낼 수 있었고 사나운 동물들을 제압할 힘도 얻게 되었어요.

금속의 발견 - 기원전 3000년경

도구의 사용은 인간을 다른 동물과 구별되는 특별한 존재로 살게 해요. 그런데 이 도구의 발전을 이끄는 중요한 사건이 있었으니, 바로 '금속의 발견'이에요. 돌을 깨거나 나무를 잘라서 만들던 도구는 금속을 발견하면서 더 강하고 실용적으로 변화되었어요. 사람들은 금속을 녹여 농기구와 전쟁 무기 등을 만들었지요. 튼튼하고 기능이 뛰어난 농기구는 농사짓는 데 큰 도움이 되어 수확량을 늘려 주었고, 사람들의 수고도 덜어 주었어요. 전쟁 무기는 군사력을 높여 강한 나라, 큰 나라를 만들어 주었어요. 금속을 다루는 기술이 결국 큰 힘을 가지게 한 것이지요.

▲ 여러 가지 농기구

태양 중심설 - 1543년

▲ 코페르니쿠스

아주 오랫동안 옛사람들은 우주의 중심이 지구라고 생각했어요. 태양이 지구 주위를 돌고 있다고 믿었지요. 하지만 코페르니쿠스의 생각은 달랐어요. 코페르니쿠스가 관찰한 우주에서는 지구가 태양 주위를 돌고 있었지요. 코페르니쿠스는 조심스럽게 말했어요. "태양이 지구 주위를 도는 것이 아니라 지구가 태양 주위를 돌고 있다." 사람들은 코페르니쿠스의 주장을 전혀 믿으려고 하지 않았어요. 하지만 과학적 사실은 우긴다고 바뀌는 것이 아니지요. 사람들은 차츰 코페르니쿠스의 주장이 옳다는 것을 알았어요. 이후 케플러와 갈릴레이 등의 과학자가 등장하면서 천문학은 빠르게 발달했어요. 이들 과학자들의 활약으로 근대 과학이 확립된 이때를 '17세기 과학 혁명'이라고 불렀지요.

손안의 컴퓨터 - 21세기

▲ 스마트폰

1946년 커다란 전자계산기라 할 수 있는 최초의 컴퓨터 에니악이 만들어졌어요. 그 뒤 수십 년이 지나면서 컴퓨터는 상상을 초월할 정도로 빠르게 발달했어요. 사람들은 멀지 않은 미래에 '유비쿼터스'가 이루어질 것이라고 예상했어요. '유비쿼터스'란 생활 곳곳에 컴퓨터 통신망이 연결되어 편리하게 정보를 주고받는 것을 말하지요. 그런데 바로 지금 우리가 사는 세상이 유비쿼터스의 모습을 하고 있어요. 사람들은 스마트폰을 손에 들고 언제 어디서든 소식을 주고받고, 정보를 찾아보지요. 이러한 발전은 앞으로도 빠르게 진행될 거예요.

17세기의 과학 변화를 '과학 혁명'이라고 부르는 까닭을 써 보세요.

내가 할래요

거북선에도 사용된 겨레의 과학 기술

거북선은 세계 최초의 철갑선입니다. 배를 만드는 데 무거운 철을 사용한 것은 우리 조상의 도전 정신과 놀라운 지혜라고 할 수 있어요. 이 밖에도 거북선에는 전투를 위한 놀라운 기능들이 담겨 있어요. 거북선의 여러 가지 특징을 잘 살펴보고 여러분만의 거북선을 그려 보세요. 과학적 기능도 새롭게 넣고, 모양도 자유롭게 꾸며 보세요.

거북선은 이런 특징이 있어요!

- 거북선은 갑판 위에 거북 등처럼 덮개를 씌워 병사들을 보호했다.
- 거북선의 등에는 수백 개의 철침을 박아 적이 배로 기어오르지 못하게 했다.
- 거북선의 바닥은 평평해서 빠르게 좌우로 회전을 할 수 있었다.
- 선체를 빙 둘러서 화포를 장착해 적진 깊숙이 들어가서도 공격할 수 있었다.

3주 학습 끝!

확인할 내용	잘함	보통임	부족함
1. 이번 주 학습을 5일(월요일~금요일) 안에 끝마쳤나요?			
2. 우리 겨레가 과학을 어떻게 활용했는지 잘 이해하였나요?			
3. 과학 기술이 사용된 문화재에 무엇이 있는지 잘 말할 수 있나요?			
4. 과학이 사람들의 생활에 어떤 영향을 끼치는지 잘 이해하였나요?			

나만의 거북선

3주 5일
학습 끝!

붙임 딱지 붙여요.

전하는 말

4주

지붕 없는 박물관,

경주 역사 유적 지구

생각톡톡 경주와 관련 있는 단어를 보기 에서 모두 찾아 쓰세요.

보기 신라 고구려 경주 첨성대 경복궁

(   )

관련교과

[국어 5-1] 기행문의 특성과 기행문 쓰는 법 알아보기

[사회 5-2] 삼국 시대 사람들의 생활 모습과 문화 알아보기, 통일 신라 시대 사람들의 생활 모습을 유물과 유적으로 알아보기

4주

01 신라 천 년 왕조의 궁터인 월성 지구

안녕하세요, 여러분! 오늘 우리가 둘러볼 곳은 2000년 12월 유네스코에서 세계 문화유산으로 지정한 경주 역사 유적 지구예요. 경주 역사 유적 지구는 경상북도 경주시 일대에 남아 있는 신라 시대의 유적을 말해요. 경주 역사 유적 지구는 크게 다섯 개의 구역으로 나눌 수 있는데, 월성 지구, 대릉원 지구, 황룡사 지구, 남산 지구, 산성 지구가 바로 그 구역들이지요.

월성 지구에는 신라의 옛 궁터인 경주 월성을 비롯해 김씨 왕조의 시조인 김알지가 태어난 경주 계림, 외국 사신을 맞이하던 임해전 터와 월지, 천문 관측대로 알려진 경주 첨성대 등이 있답니다.

경주 월성은 신라의 궁성*인데, 신라의 왕들이 대대로 살았던 나라의 중심지라고 할 수 있어요. 하늘에서 보면 반달처럼 생겼다고 하여 '월성(月城)' 또는 '반월성(半月城)'이라고 부르지요. 경주 월성은 자연적으로 만들어진 언덕 위에 흙과 돌을 이용해 성을 단단하게 쌓아 올렸는데, 멀리서 보면 나지막한 언덕처럼 보인답니다. 제5대 파사왕 때(101년) 세워졌고, 신라가 멸망할 때까지 줄곧 궁성으로 쓰였어요.

* **궁성**: 궁궐을 둘러싼 성벽.

▲ 신라 왕조의 궁터인 월성 지구

언어 **1. 이 글은 현장 학습을 온 학생들에게 경주 역사 유적 지구를 소개한 것입니다. 다음 중 현장 학습 보고서나 기행문을 쓸 때 유의할 점이 아닌 것은 어느 것인가요? (　　　　)**

① 현장 학습 장소의 특색이 잘 드러나도록 쓴다.
② 자신만의 독특한 관찰력과 감상을 살려서 쓴다.
③ 구성 형식에 일정한 틀이 없기 때문에 자유롭게 쓴다.
④ 객관적인 글이므로 느낌이나 주관적인 생각은 절대로 쓰면 안 된다.
⑤ 현장 학습 중에 알게 된 사실이나 보고, 듣고, 생각하거나 느낀 점을 적는다.

사회 탐구 **2. 다음 지도에서 경주시가 위치한 행정 구역은 어디인가요? (　　　　)**

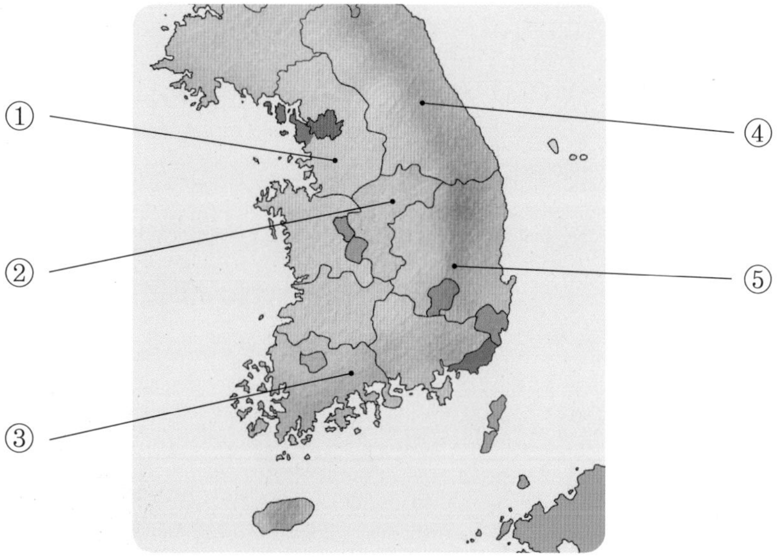

논술 **3. 현장 학습을 떠나기 전에 필요한 정보를 미리 알아보고 가면 좋은 점을 써 보세요.**

4주
01

▲ 임해전 터와 월지

경주 월성에서 경주 석빙고 옆 계단으로 내려오면 임해전 터가 보여요. 임해전이란 '바다를 바라보는 궁전'이라는 뜻으로, 왕의 태자가 살던 동궁이었어요. 월지라는 커다란 연못이 딸려 있어 '월지궁'이라고도 불렀지요. 제30대 문무왕이 삼국 통일을 기념해 완성한 것인데, 674년에 궁 안에 연못인 월지를 파고, 산을 만들어 화초를 심은 뒤 진기한 동물과 아름다운 새들을 길렀다고 해요. 귀한 손님을 대접하거나 나라에 행사가 있어 귀족들에게 연회*를 베풀 때 이곳을 이용했다고도 해요. 931년 신라의 마지막 임금인 경순왕이 고려의 태조 왕건에게 신라를 바치기 위해 연회를 연 곳도 바로 이곳이랍니다. 월지는 '안압지(雁 기러기 안, 鴨 오리 압, 池 못 지)'라고도 부르는데, 이는 조선 시대 사람들이 화려한 옛 모습이 사라진 이곳에 기러기와 오리들이 날아다니는 것을 보고 붙인 이름이라고 해요.

경주 월성과 경주 첨성대 사이에 위치한 경주 계림은 오래된 나무들로 우거진 숲이에요. 경주 김씨의 시조인 김알지가 태어난 곳이라 하여 지금도 경주 사람들은 이곳을 신성하게 여기고 있답니다. 신라 초기에는 해가 처음 비추는 성스러운 숲이라 하여 '시림(始 처음 시, 林 수풀 림)'이라 불렀는데, 나중에 김알지가 태어날 때 닭 우는 소리가 들려온 곳이라 하여 '계림(鷄 닭 계, 林 수풀 림)'으로 부르게 되었지요. 계림은 '신라'라는 이름이 지어지기 전에 나라의 이름으로도 사용되었답니다.

▲ 경주 계림

* **연회**: 축하, 위로, 환영, 석별 따위를 위하여 여러 사람이 모여 베푸는 잔치.

사회 탐구 **1. 신라 시대에 귀족들의 생활 모습으로 알맞은 것 두 가지를 고르세요.**

( )

① 누에를 치거나 농사를 지으면서 생활하였다.
② 신분의 제약으로 인해 벼슬을 얻지 못하였다.
③ 국가의 중요한 일을 결정하며 여러 가지 특권을 누렸다.
④ 화려한 연회를 열거나 놀이를 하는 등 여유로운 생활을 하였다.
⑤ 성을 짓는 등 나라에 큰일이 있을 때에는 동원되어 일을 하였다.

사회 탐구 **2. 이 글의 내용으로 맞으면 ◯표를, 틀리면 ✕표를 하세요.**

(1) 임해전은 신라 시대 때 왕의 태자가 살던 곳이다. ( )
(2) 경주 계림은 경주 김씨의 시조인 김알지가 태어난 곳이다. ( )
(3) 월지(안압지)는 통일 신라 문무왕 때 궁 안에 만든 못이다. ( )
(4) 경주 계림은 나무가 우거진 숲으로, 신라 말기에 '시림'으로 이름이 바뀌었다. ( )
(5) 월지는 귀한 손님을 대접하거나 나라에 행사가 있을 때 연회를 베풀던 곳이다. ( )

논술 **3. 신라 제30대 왕인 문무왕은 당나라와 손잡고 고구려와 백제를 멸망시켰습니다. 신라가 삼국을 통일했을 당시의 영토를 보며 삼국 통일이 가지는 의의와 한계가 무엇인지 써 보세요.**

(1) 의의:

(2) 한계:

동양 최대의 천문 관측대로 알려진 경주 첨성대는 제27대 선덕 여왕*(재위 632~647년) 때 세워졌어요. 사람이 오르내리며 하늘을 관찰했다는 기록이 있는데, 남쪽 창문에는 사다리를 걸었던 자리도 있지요. 당시 사람들은 하늘의 변화를 관찰하면서 날씨를 예측하고 계절을 구분하는 한편 나라의 길흉화복을 점치기도 했답니다. 하지만 경주 첨성대는 천문 관측대가 아니라는 의견도 있어요. 윗부분이 좁아서 하늘을 관측하기에 불편하고, 오르내리기도 힘들었을 것이라고 여기기 때문이에요. 그래서 경주 첨성대를 선덕 여왕을 위한 기념물이나 불교에서 세계의 중심에 있다는 산(수미산)을 본뜬 건축물, 또는 하늘에 제사를 지내던 제단 등으로 보기도 한답니다.

경주 첨성대는 네모난 기단 부분, 술병 모양의 원통 부분, 우물 정(井) 자 모양의 정상 부분으로 이루어져 있어요. 경주 첨성대를 쌓는 데 이용된 360여 개의 돌은 1년의 날수인 365일과 가까운 숫자예요. 원통 부분의 27단은 제27대 선덕 여왕을 나타낸다고도 해석해요. 원통 부분의 27단과 정상 부분의 1단을 더한 28이란 숫자가 동양의 기본 별자리 28개를 나타낸다고 해석하기도 한답니다. 창문을 기준으로 위로 12단, 아래로 12단이 쌓여 있는 것은 열두 달과 24절기를 뜻한다고 해요.

▲ 경주 첨성대

정상 부분의 각 면은 동서남북을 향하여 있으며, 창문은 남쪽을 향하고 있어요. 봄가을에는 햇빛이 경주 첨성대 바닥까지 들어오고, 여름과 겨울에는 햇빛이 창문 아래로는 전혀 들어오지 않아 사계절을 구분할 수 있답니다.

* **재위**: 임금의 자리에 있음. 또는 그러는 동안.

사회 탐구 **1. 경주 첨성대는 신라 어느 왕 때 세워진 문화재인가요? (   )**

① 파사왕 때　　② 진평왕 때　　③ 문무왕 때
④ 경순왕 때　　⑤ 선덕 여왕 때

사회 탐구 **2. 경주 첨성대에서 다음 숫자가 뜻하는 것이 무엇인지 찾아 줄로 이으세요.**

(1) 경주 첨성대를 쌓는 데 이용된 360여 개의 돌 •	• ㉠ 동양의 기본 별자리 28개
(2) 원통 부분의 27단과 정상 부분의 1단을 더한 수 •	• ㉡ 열두 달, 24절기
(3) 창문을 기준으로 한 위의 12단과 아래의 12단 •	• ㉢ 1년의 날수

논술 **3. 경주 첨성대를 바라보는 여러 가지 의견 중 여러분은 어떤 의견이 가장 타당하다고 생각하나요? 다음 중에서 하나를 고르고 그렇게 생각하는 까닭을 써 보세요.**

(1) 의견:

(2) 까닭:

4주 1일 학습 끝!
붙임 딱지 붙여요.

02 신라 왕들의 무덤이 모여 있는 대릉원 지구

▲ 경주 미추왕릉

대릉원 지구에는 경주 미추왕릉과 천마총, 황남대총과 같은 스물세 개의 *고분이 모여 있어요. 대릉원이란 이름은 284년에 제13대 미추왕을 대릉에 장사 지냈다는 "삼국사기"의 기록에서 유래된 것이에요. 미추왕은 김알지의 후손으로, 김씨로는 처음 왕위에 오른 사람이랍니다. 경주 미추왕릉에 대한 흥미로운 이야기도 전해지고 있어요. 미추왕이 죽은 뒤 이서국(지금의 청도) 사람들이 쳐들어오자, 어디선가 대나무잎을 귀에 꽂은 병사들이 나타나 그들을 물리치고 사라졌다고 해요. 그때 미추왕릉 앞에 대나무잎이 수북이 쌓인 것을 보고 사람들은 미추왕이 대나무잎으로 만든 군사들을 보냈다고 생각했답니다.

천마총은 '천마도(하늘을 나는 말 그림)'가 그려진 말다래가 나와 붙여진 이름이에요. 말다래란 말을 탄 사람의 옷에 흙이 튀지 않도록 말안장 양쪽에 늘어뜨린 기구예요.

동서 지름 80미터, 남북 지름 120미터, 높이 23미터(남쪽 무덤)인 황남대총은 경주에서 가장 커다란 돌무지덧널무덤이에요. 이 무덤은 관과 부장품을 넣기 위해 만든 덧널 위에 자갈을 덮고, 그 위에 흙을 쌓아 만든 무덤이지요. 황남대총은 낙타 등처럼 커다란 능 두 개가 붙어 있는데, 남쪽이 왕, 북쪽이 왕비의 무덤이에요. 이곳에서 3만 점이 넘는 유물이 나왔는데 왕의 무덤에서는 *순장된 것으로 보이는 20대 여자 유골이 함께 나왔답니다.

▲ 경주 대릉원 일원

* **고분**: 고대에 만들어진 무덤.
* **순장**: 왕이나 귀족이 죽었을 때 살아 있는 신하, 종, 첩 등을 함께 묻던 장례법.

사회 탐구 1. 다음 중 천마총에서 나온 말다래에 그려진 그림을 찾아 ◯표를 하세요.

(1)

(　　　)

(2)

(　　　)

(3)

(　　　)

사회 탐구 2. 다음은 황남대총에서 볼 수 있는 신라 특유의 무덤 형식입니다. 이 무덤의 형식을 무엇이라고 하는지 이 글에서 찾아 쓰세요.

논술 3. 죽은 사람을 위해 산 사람을 함께 무덤에 묻는 순장 풍습에 대해 여러분은 어떻게 생각하는지 찬성과 반대 입장을 정하고 그 까닭도 함께 써 보세요.

▲ 경주 노동리 고분군

▲ 경주 노서리 고분군

경주 노동리 · 노서리 고분군은 경주 대릉원 후문의 길 건너편에 있어요. 봉황로라는 길을 사이에 두고 동쪽이 노동리, 서쪽이 노서리이지요. 이 중 경주 노동리 고분군에는 금령총, 식리총 등의 무덤이 있어요. '식리총(飾 꾸밀 식, 履 신 리, 塚 무덤 총)'은 발굴 당시 금동 신발이 나오고, '금령총(金 쇠 금, 鈴 방울 령, 塚 무덤 총)'은 금방울이 달린 작은 금관이 나와 붙여진 이름이에요. 금령총에서는 말을 탄 모양의 기마 인물형 토기도 나왔지요. 경주 노서리 고분군에는 마총, 서봉총, 금관총 등이 있어요. 마총은 말 뼈가, 금관총은 금관이 나와서 붙여진 이름이에요. 서봉총은 스웨덴(한자로 서전(瑞典)이라고 표기함.)의 황태자가 발굴에 참여한 것을 기념하여 '서(瑞)' 자를 따고, 봉황 장식 금관이 나온 데에서 '봉(鳳)' 자를 따 이름을 붙였어요.

남산으로 가는 길목에 있는 경주 오릉은 신라의 시조인 박혁거세의 능이라 알려져 있는데, 오릉이란 이름은 "삼국유사"에서 유래되었어요. 박혁거세가 죽고 나서 시신이 하늘로 올라갔다가 다섯 부분으로 나뉘어 땅에 떨어졌는데, 그것을 묻은 것이 '오릉'이라고 해요. 그러나 "삼국사기"에는 박혁거세와 부인인 알영 왕비, 제2대 남해왕, 제3대 유리왕, 제5대 파사왕이 묻힌 무덤이라고 기록되어 있답니다.

▲ 경주 오릉

마지막으로 경주 재매정은 신라의 김유신 장군 집 앞에 있던 우물이에요. 김유신 장군이 전쟁터로 떠날 때 물을 마셨다는 우물이랍니다.

▲ 경주 재매정

* 삼국유사: 고려 충렬왕 7년경에 승려 일연이 쓴 역사책.
* 삼국사기: 고려 인종 23년경에 김부식이 왕명에 따라 펴낸 역사책.

사회 탐구 1. 다음 고분의 이름과 관계있는 사실을 찾아 줄로 이으세요.

(1)	식리총 •	• ㉠ 금동 신발이 나와 유래된 이름
(2)	금령총 •	• ㉡ 금방울 달린 금관이 나와 유래된 이름
(3)	마총 •	• ㉢ 말 뼈가 나와 유래된 이름
(4)	금관총 •	• ㉣ 금관이 나와 유래된 이름

사회 탐구 2. 다음에서 설명하는 유물의 이름이 무엇인지 이 글에서 찾아 쓰세요.

이 유물은 경주에 있는 금령총에서 나왔다. 다리가 짧은 조랑말 위에 사람이 올라앉아 있고, 말 엉덩이 위에는 등잔이 놓여 있으며, 말 앞가슴에는 물을 따르는 부리가 있다. 말을 타고 저승까지 편안히 가라는 신라 사람들의 마음이 담긴 유물로 보고 있다.

(　　　　　　　　　　)

논술 3. 신라의 왕릉들은 경주 대릉원이나 경주 노동리 · 노서리 고분군처럼 주로 경주에 자리 잡고 있습니다. 신라 왕들이 왜 나라의 수도 안에 이렇게 커다란 왕릉을 만들었을지 생각하여 써 보세요.

4주

02 신라 불교의 중심지였던 황룡사 지구

경주 월성 동쪽에 위치한 황룡사 지구에는 신라의 대표적인 절인 황룡사가 있던 넓은 터와 선덕 여왕 때 세워진 경주 분황사 모전 석탑이 있어요.

황룡사는 신라에서 가장 컸을 뿐 아니라 '신라의 땅이 곧 부처가 사는 땅'이라는 신라 사람들의 생각이 잘 드러난 절이었어요. 이 절은 제24대 진흥왕이 553년에 궁궐을 짓다가 그곳에서 황룡이 나타났다는 말을 듣고 절로 고쳐 지은 것이랍니다. 황룡사의 금당*에는 새들이 진짜 나무로 오해했다는 솔거의 소나무 벽화도 있었다고 해요. 게다가 신라의 세 가지 보물 중 거대한 불상인 장륙존상과 황룡사 9층 목탑이 모두 황룡사에 있었지요(황룡사에 없던 나머지 한 가지 보물은 제26대 진평왕이 하늘로부터 받은 옥 허리띠였어요.).

5미터에 달하는 장륙존상은 인도의 아소카왕이 불상을 만들려다 계속 실패하자 누군가 대신 성공해 주기를 바라는 마음으로 금과 철, 불상의 모형을 배에 실어 보냈는데, 그것이 신라에 닿아 만들어진 것이라고 해요. 황룡사 9층 목탑은 선덕 여왕 때(643년) 당나라에서 공부하고 돌아온 자장* 스님의 권유로 외적의 침략을 막기 위해 세운 탑이지요. 백제에서 아비지라는 장인을 데려와 만든 것으로, 645년에 완공되었어요.

▲ 경주 황룡사지

그러나 거대한 위용을 자랑했던 장륙존상이나, 화려하고 웅장했던 황룡사는 고려 시대에 몽골의 침입으로 모두 불타 없어지고 지금은 흔적만 남아 있답니다.

* **금당**: 절의 본당.
* **자장**: 신라 때의 승려. 당나라에 건너가 승려들이 지켜야 할 규범을 공부하고 우리나라에 전하였음.

사회 탐구 **1. 다음 중 황룡사에 대한 설명으로 맞으면 ○표를, 틀리면 ×표를 하세요.**

(1) 신라에서 가장 큰 절이었다. (　　　　)
(2) 신라의 세 가지 보물을 모두 보관하고 있었다. (　　　　)
(3) 금당에는 솔거의 소나무 벽화가 그려져 있었다. (　　　　)
(4) 선덕 여왕이 황룡이 나타났다는 말을 듣고 절로 지은 것이다. (　　　　)

사회 탐구 **2. 다음은 삼국 시대에 전래된 불교에 대한 설명입니다. ㉠~㉢에 들어갈 알맞은 말을 바르게 짝지은 것은 어느 것인가요? (　　　　)**

고구려, 백제, 신라의 왕들은 왕권을 강화하기 위해 새로운 종교가 필요했다. 이 무렵 중국에서 불교가 전해졌다. 삼국 중 불교를 가장 먼저 받아들인 나라는 고구려였다. 그다음으로 백제가 불교를 받아들였고, 신라에서도 법흥왕 때 불교를 나라의 종교로 받아들였다. 삼국에서는 불교를 받아들이는 과정에서 (　㉠　), (　㉡　), (　㉢　) 등 불교와 관련된 것들을 만들었으며, 불교의 힘을 빌려 나라를 지키고자 하였다.

① 절, 불탑, 불상　② 불상, 불탑, 궁궐　③ 절, 벽화, 금관
④ 불탑, 토기, 궁궐　⑤ 절, 옥 허리띠, 불상

논술 **3. 장륙존상은 인도의 아소카왕이 불상을 만들려다 여러 번 실패한 것을 신라에서 만든 것이라고 합니다. 이를 통해 당시 신라 사회에 대해 짐작할 수 있는 사실을 써 보세요.**

4주 2일 학습 끝!
붙임 딱지 붙여요.

▲ 경주 분황사 모전 석탑

분황사는 634년에 선덕 여왕과 왕실의 안녕을 빌기 위해 지어진 절이에요. '분황'이란 말은 '부드럽고 향기로운 황제'라는 뜻을 가지고 있지요. 지금은 석탑과 함께 조선 시대에 지은 보광전이라는 금당만 남아 있어요. 이 절에서 신라 시대에 불교 사상을 크게 발전시킨 원효 스님이 석가모니의 깨달음을 간략하게 정리한 "화엄경소"라는 책을 썼지요.

분황사 왼쪽 법당의 벽에 그려진 '천수관음'은 천 개의 손바닥에 눈이 있는 보살인데, 모든 사람의 괴로움을 살피고 치료해 주었다고 해요. 여기에는 재미있는 이야기가 전해져 내려오고 있어요. 신라 경덕왕 때 희명이라는 여인이 아이를 낳았는데 5년 만에 갑자기 아이의 눈이 멀었다고 해요. 희명은 노래를 지어 아이에게 천수관음 앞에서 부르게 했는데, 그 덕분에 아이가 눈을 떴다고 해요.

경주 분황사 모전 석탑은 현재 남아 있는 신라 석탑 중 가장 오래된 것으로, 분황사가 세워질 때 함께 만들어진 것이라고 해요. 모전 석탑이란 돌을 벽돌 모양으로 다듬어서 쌓아 올린 것을 말해요. 지금은 3층만 남아 있지만, 원래는 9층이었다는 기록이 있지요. 이 석탑 안에서 *사리함과 실패, 바늘, 구슬, 가위 등이 발견되었는데, 이를 통해 선덕 여왕을 위해 지은 탑임을 더욱 확실히 알 수 있었지요. 이 석탑 옆에는 나라를 지키는 용이 살았다는 돌우물인 분황사 석정도 남아 있답니다.

▲ 분황사 석정

* **사리함**: 사리(석가모니나 성자를 화장한 뒤에 나오는 구슬 모양의 물체)나 유골을 넣는 용기.

사회 탐구 1. 다음 중 분황사는 누구를 위해 지은 절인가요? (   )

① 비담   ② 김유신   ③ 김춘추   ④ 선덕 여왕   ⑤ 진덕 여왕

사회 탐구 2. 경주 분황사 모전 석탑에 대해 알맞게 설명한 친구들을 모두 찾아 ◯표를 하세요.

(1)

(   )

(2)

(   )

(3)

(   )

(4)

(   )

논술 3. 경주 분황사 모전 석탑에서는 사리함과 실패, 바늘, 구슬, 가위 등이 발견되었습니다. 여러분이 만약 신라 사람이라면 선덕 여왕을 상징하는 물건으로 석탑 안에 어떤 물건들을 더 넣었을지 까닭과 함께 써 보세요.

(1) 석탑 안에 더 넣을 물건: ....

(2) 까닭: ....

....

4주

03 신라 불교 미술의 보고인 남산 지구

남산 지구는 남산 일대의 불교 유적이 중심을 이루고 있어요. 경주 남산 용장사곡 석조여래좌상, 불곡 석불좌상 등 37개의 보물과 나정, 포석정, 내물왕릉, 배리 삼릉, 남산성 등 다양한 유적들을 만날 수 있지요. 남산 전체가 커다란 박물관이라 할 수 있어요.

이 중 경주 남산 용장사곡 석조여래좌상은 손과 몸체 일부만 남아 있는데 용장사 터를 내려다보는 곳에 위치하고 있지요. "삼국유사"의 기록을 보면 대현* 스님이 염불을 외며 이 불상 주위를 돌면 불상도 대현 스님을 따라 얼굴을 돌렸다고 해요. 용장사는 남산에서도 꽤 큰 절이었는데, 지금은 그 흔적만 남아 있어요. 경주 남산 용장사곡 3층 석탑도 용장사에 있던 탑이에요. 통일 신라 후기에 만들어진 대표적인 석탑이지요.

경주 남산 불곡 마애여래좌상은 남산에 있는 신라 석불 중 가장 오래된 불상이에요. 바위에 1미터 정도 굴을 파고 그 안에 불상을 만들었어요. 경주 남산동 동 · 서 3층 석탑은 형태가 다른 두 탑이 동쪽과 서쪽에 세워져 있어요. 통일 신라 때 만들어진 쌍탑은 대체로 같은 형태인데, 경주 남산동 동 · 서 3층 석탑은 경주 불국사의 석가탑과 다보탑처럼 동쪽 탑과 서쪽 탑의 모양이 다르답니다. 높이가 6미터나 되는 삼릉계곡 마애석가여래좌상은 바위 벽에 불상을 새겨 넣은 것이에요. 머리에서 어깨까지는 깊게 새겼고, 몸과 옷자락은 얕게 새겼지요. 얼굴은 위에서 보면 웃는 표정인데 밑에서 보면 근엄한 표정으로 보인답니다.

▲ 경주 남산 용장사곡 석조여래좌상

▲ 경주 남산 용장사곡 3층 석탑

▲ 경주 남산 불곡 마애여래좌상

▲ 삼릉계곡 마애석가여래좌상

* **대현**: 신라 경덕왕 때의 승려.

사회 탐구 **1. 다음 중 대현 스님이 염불을 외며 불상 주위를 돌면 따라서 얼굴을 돌렸다는 불상을 찾아 ◯표를 하세요.**

(1)

경주 남산
용장사곡 석조여래좌상
(　　　)

(2)

경주 남산
불곡 마애여래좌상
(　　　)

(3)

삼릉계곡
마애석가여래좌상
(　　　)

(4)

석굴암 본존상
(　　　)

사회 탐구 **2. 다음에서 설명하는 종교 이름을 이 글에서 찾아 쓰세요.**

▲ 원효

삼국을 통일한 신라는 백성의 마음을 하나로 모으기 위하여 이전보다 '이 종교'를 더 중요하게 여겼다. 그래서 통일 신라 시대에 이 종교를 바탕으로 한 문화가 크게 발전하였다. 이전까지는 왕과 귀족들이 주로 믿었지만, 원효와 같은 큰스님들의 노력으로 백성들에게 널리 전파되었다.

(　　　　　　)

예체능 **3. 삼릉계곡 마애석가여래좌상은 바위에 불상을 새긴 것입니다. 여러분이 신라의 석공이라면 바위에 어떤 모습의 불상을 새기고 싶은지 그림을 그려 보세요.**

남산 지구에서도 신라 왕릉을 만날 수 있답니다. 신라의 국력을 눈부시게 발전시킨 제17대 내물왕의 무덤도 남산 지구에 있어요. 내물왕은 '마립간'이란 왕의 명칭을 처음 사용한 왕으로, 중국 전진과 외교를 맺고 앞선 문물을 들여왔어요. 하지만 대릉원 지구의 황남대총을 내물왕릉이라 말하는 학자들도 있어요.

남산 서쪽 기슭에 있는 경주 배동 삼릉은 세 개의 왕릉이 나란히 있다고 해서 붙여진 이름이에요. 제8대 아달라왕, 제53대 신덕왕, 제54대 경명왕 등 박씨 성을 가진 세 왕의 무덤이라고 하는데, 확실한 것은 아니에요. 신덕왕과 경명왕을 *화장하여 다른 곳에 모셨다는 기록도 있거든요. 이 세 무덤 중 한가운데 있는 신덕왕릉의 내부 벽면에는 붉은색, 황색, 백색, 군청색, 감청색이 병풍을 돌려 세워 놓은 것처럼 칠해져 있어요. 이는 벽화를 그리지 않던 신라의 무덤에서는 처음 발견되는 형태이지요.

경주 배동 삼릉 남쪽으로 작은 개울을 지나면 소나무 숲 안에 제55대 경애왕의 무덤이 있어요. 그런데 "삼국사기"에 경애왕을 남산 해목령에 장사 지냈다는 기록이 있어, 해목령 가까이에 있는 경주 일성왕릉을 경애왕릉으로 보는 견해도 있답니다. 경애왕은 포석정에서 잔치를 베풀다가 후백제를 세운 *견훤이 보낸 군사의 습격을 받아서 비참한 최후를 맞은 왕으로 알려져 있지요.

▲ 경주 내물왕릉

▲ 경주 배동 삼릉

▲ 경주 경애왕릉

* **화장**: 시체를 불에 살라 장사 지냄.
* **견훤**: 후백제의 시조. 892년에 완산에 도읍을 정하고 후백제를 세웠음.

사회 탐구 **1. 남산에 있는 무덤에 대한 설명으로 서로 알맞은 것끼리 줄로 이으세요.**

(1) 

경주 내물왕릉

(2) 

경주 배동 삼릉

(3) 

경주 경애왕릉

㉠ 사적 제222호. 견훤에 의해 비참한 죽음을 맞은 왕의 무덤

㉡ 사적 제188호. 마립간이라는 명칭을 처음 사용한 왕의 무덤

㉢ 사적 제219호. 남산 서쪽 기슭에 있는 세 개의 왕릉

사회 탐구 **2. 다음 설명을 읽고 지도에서 ㉠~㉣ 중 후백제가 어느 곳인지 기호를 써 보세요.**

통일 신라 말에는 나라가 혼란스러웠다. 귀족 간의 다툼으로 왕이 자주 바뀌고, 각 지방에서는 경제력과 군사력을 가진 호족이 등장하였다. 이들 중 견훤은 과거의 백제 땅에 후백제를, 궁예는 과거의 고구려 땅에 후고구려를 세웠다. 이 두 나라와 신라가 서로 경쟁하면서 후삼국 시대가 시작되었다.

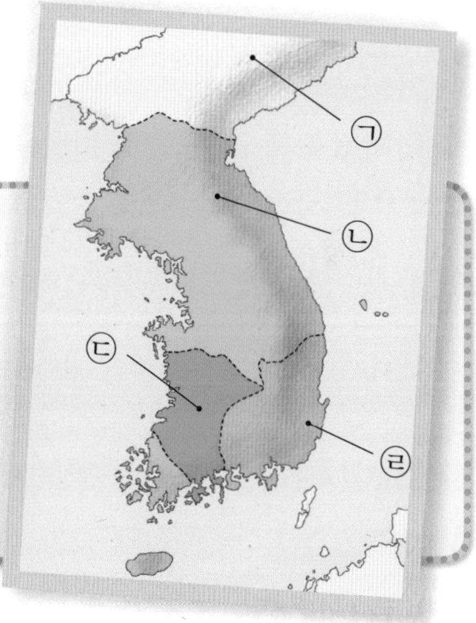

(　　　　　　)

논술 **3. 포석정에서 잔치를 베풀다 견훤의 군사에게 최후를 맞은 경애왕의 행동을 타당한 까닭을 들어 비판하는 글을 써 보세요.**

4주 3일 학습 끝!

붙임 딱지 붙여요.

남산 서쪽 계곡에 있는 경주 포석정지는 좁고 구불구불하게 만든 물길 위에 술잔을 띄워 놓고 왕이나 귀족들이 *풍류를 즐겼던 곳이라고 해요. 이곳에 정자를 지어 연회를 열곤 하였는데, 구불구불한 물길이 전복 껍데기를 닮아 '포석정(鮑 전복 포, 石 돌 석, 亭 정자 정)'이라 이름 지었답니다. 한편 경주 포석정지에서 조금 떨어진 곳에서 제사와 관련된 유물들이 나와, 이곳을 제사를 지내던 곳이라고 보는 견해도 있어요.

▲ 경주 포석정지

경주 나정은 신라의 시조인 박혁거세가 태어났다고 전해지는 우물이에요. 신라가 세워지기 전의 경주 땅은 *진한에 속했는데, 당시 여섯 명의 촌장이 그곳을 나누어 다스렸지요. 그중 한 촌장이 우물가에서 흰말이 우는 것을 보고 가까이 가 보니 큰 알 하나가 있었다고 해요. 알 속에서 남자아이가 태어났는데 그 아이가 바로 박혁거세였지요. '박처럼 생긴 알에서 태어났다'고 해서 성을 '박'이라 하고, '세상을 밝게 한다'는 뜻에서 이름을 '혁거세'라 지었답니다.

▲ 경주 나정

▲ 경주 서출지

남산 기슭에 있는 경주 서출지는 큰 연못이에요. 제21대 소지왕이 연못 속에서 나온 노인의 편지 덕분에 죽을 위기를 넘겼다는 전설을 간직하고 있지요. 이 밖에도 남산 북쪽에 있는 경주 남산신성도 역사가 매우 깊답니다. 진평왕 13년에 돌로 쌓은 경주 남산신성 안에는 세 개의 창고가 있었는데, 이곳에 무기와 식량을 저장하여 전쟁에 대비했다고 해요.

* **풍류**: 멋스럽고 풍치가 있는 일. 또는 그렇게 노는 일.
* **진한**: 삼한 가운데 경상북도를 중심으로 한 동북부 지역에 있었던 12국 가운데 하나.

사회탐구 **1. 이 글의 내용으로 맞으면 ○표를, 틀리면 ✕표를 하세요.**

(1) 경주 남산신성 안에는 경주 서출지라는 연못이 있다. (　　　　)

(2) 경주 나정은 주몽, 김수로와 관련이 있는 곳이다. (　　　　)

(3) 경주 포석정지는 제사를 지내던 곳이라는 견해도 있다. (　　　　)

(4) 경주 포석정지는 물길 위에 술잔을 띄워 놓고 풍류를 즐기던 곳이다. (　　　　)

사회탐구 **2. 지도를 보고 각 지역에 해당하는 나라 이름과 그 나라를 세운 사람의 이름을 보기처럼 빈칸에 써 보세요.**

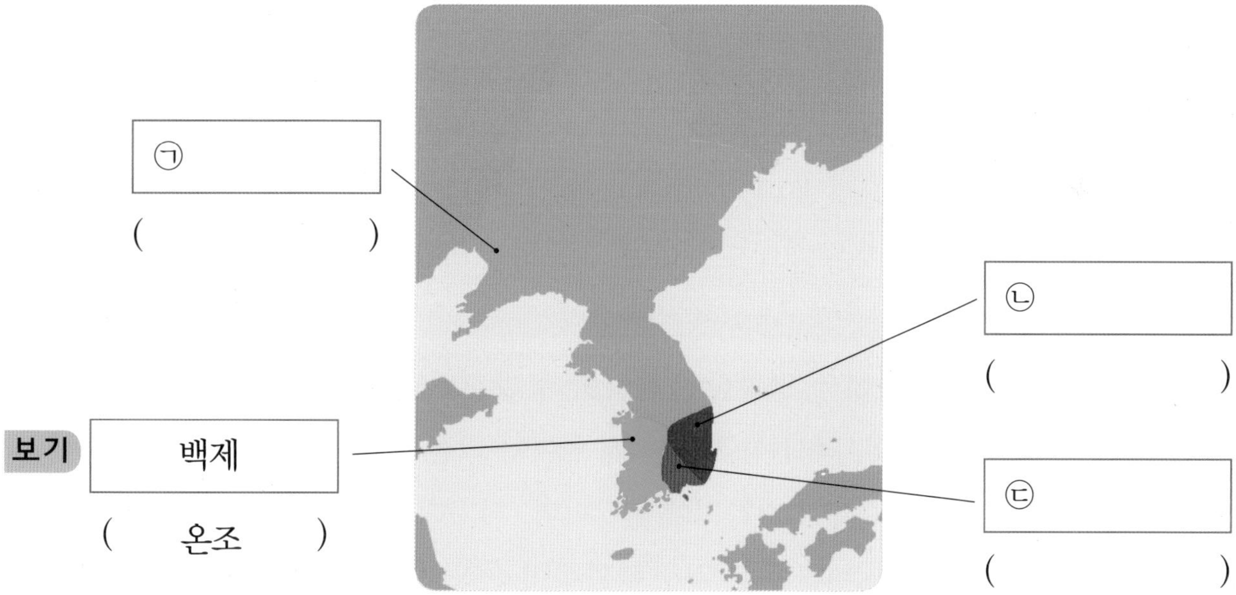

논술 **3. 우리나라 건국 이야기 중에는 박혁거세 이야기처럼 알에서 태어난 이야기가 많습니다. 각 나라를 세운 왕들이 알에서 태어났다는 데에는 어떤 의미가 담겨 있을지 여러분의 의견을 써 보세요.**

04 신라의 수도를 지키던 산성 지구

▲ 경주 명활성의 일부 성벽

산성 지구에는 경주의 동쪽 명활산 꼭대기에 있는 경주 명활성만 남아 있어요. 전체 둘레가 약 6000미터인 경주 명활성은 경주 서쪽의 선도산성, 북쪽의 북형산성, 그리고 남쪽의 남산신성과 함께 신라의 수도를 지키던 성이었어요. 언제 쌓은 것인지 정확히 알 수는 없으나, 이곳이 제18대 실성왕 때(405년) 왜구의 공격을 받았다는 "삼국사기"의 기록이 있는 것으로 보아, 그 이전에 쌓은 것임을 짐작할 수 있어요. 게다가 성을 쌓을 때 다듬지 않은 돌을 사용한 것도 신라 초기의 축성* 방식이라서 축성 시기를 신라 초기로 짐작할 수 있답니다.

1988년에는 북서쪽 성벽에서 '명활산성 작성비'가 발견되었어요. 이 비석은 명활산에 산성을 쌓고 세운 기념비인데, 당시 성을 쌓는 데 얼마나 많은 사람이 동원되었고, 얼마나 많은 시간이 걸렸는지 등이 자세히 기록되어 있답니다. 제19대 눌지왕 때(431년)도 왜구가 이 성을 공격했다는 기록이 있는데, 이는 경주 명활성이 신라의 수도를 지키는 데 얼마나 중요한 역할을 했는지를 말해 주는 증거예요. 또한 선덕 여왕 때 비담이 여자가 왕위에 오른 것에 불만을 품고 반란을 일으켰던 곳으로도 알려져 있는데, 이 반란은 김유신에 의해 10일 만에 진압되었답니다.

▲ 명활산

지금은 경주 명활성의 대부분이 허물어져 옛날의 견고하고 웅장한 모습을 볼 수는 없어요. 하지만 군데군데 쌓인 돌무더기들을 따라가다 보면 옛 산성의 규모가 얼마나 대단했는지 알 수 있답니다.

* **축성**: 성을 쌓음.

1. 다음은 신라의 수도를 둘러싸고 있는 산성을 동서남북으로 나타낸 것입니다. 이 글에서 빈칸에 들어갈 산성의 이름이 무엇인지 각각 찾아서 쓰세요.

사회 탐구

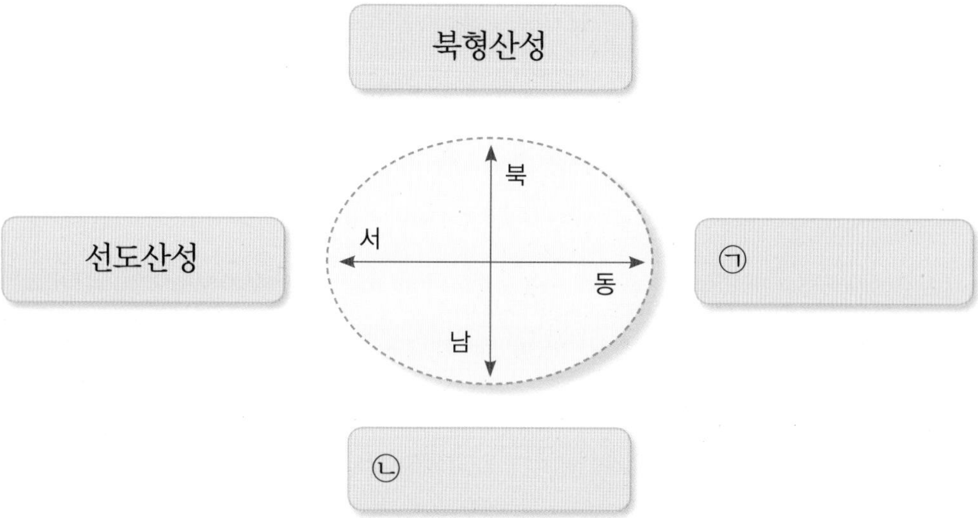

2. 다음 중 경주 명활성에 대한 설명으로 알맞지 않은 것은 어느 것인가요? (　　　　)

사회 탐구

① 경주의 동쪽 명활산 꼭대기에 있다.
② 성벽의 전체 둘레가 약 6000미터이다.
③ 성을 쌓을 때 잘 다듬은 돌을 사용했다.
④ 신라의 수도를 지키는 데 매우 중요한 역할을 맡은 성이었다.
⑤ "삼국사기"에 제18대 실성왕 때 왜구의 공격을 받았다는 기록이 있다.

3. 비담이 여자가 왕위에 오른 것에 불만을 품고 반란을 일으켰을 때 김유신은 남자였으나 비담의 편을 들지 않고 선덕 여왕을 도와 비담의 반란을 진압했습니다. 여러분은 김유신이 그렇게 한 까닭이 무엇이라고 생각하는지 써 보세요.

논술

4주

04 또 다른 세계 문화유산, 불국사와 석굴암

▲ 경주 불국사

경주 역사 유적 지구에는 속하지 않지만 경주를 대표하는 신라 유적이 또 있어요. 바로 1995년에 유네스코 세계 문화유산으로 지정된 경주 불국사와 경주 석굴암 석굴이지요.

토함산에 있는 경주 불국사는 '부처님의 나라'라는 뜻으로, 제35대 경덕왕 때(751년)에 김대성이라는 재상이 현생의 부모님을 위해 짓기 시작하여, 제36대 혜공왕 때(774년)에 완공한 절이에요. 절의 앞쪽에 청운교와 백운교라는 아름다운 다리가 있고, 그 다리를 지나 절 안으로 들어가면 본당을 비롯해 앞마당에 세워진 경주 불국사 3층 석탑(석가탑)과 경주 불국사 다보탑을 볼 수 있지요.

토함산 중턱에 화강암을 이용하여 만든 경주 석굴암 석굴은 통일 신라의 불교 미술을 대표하는 최고의 작품으로 꼽혀요. 특히 석굴 안에 모셔 둔 석굴암 본존상은 신비롭고 고요한 모습으로 찾아오는 사람들을 맞는답니다.

경주 석굴암 석굴은 김대성이 전생의 부모를 위해 지은 것으로, 경주 불국사와 동시에 지었다고 해요. 임진왜란 이후 경주 불국사의 암자로 관리되었지만 원래는 독립된 절인 '석불사'였답니다.

지어질 때만 해도 자연 통풍 원리를 이용하여 습기가 차지 않았으나, 일제 강점기에 일본인들이 보수 작업을 잘못해 습기가 차기 시작했다고 해요. 우리 조상들의 우수한 과학 기술을 이해하지 못해 일어난 몹시 안타까운 일이지요.

▲ 석굴암 본존상

사회 탐구 1. 다음 중 경주 불국사와 관계가 없는 것은 어느 것인가요? (   )

① 경주 불국사 다보탑 ② 경주 불국사 3층 석탑 ③ 백운교
④ 수표교 ⑤ 청운교

사회 탐구 2. 다음 중 통일 신라 시대의 문화재가 아닌 것은 어느 것인가요? (   )

①

경주 불국사

②

경주 첨성대

③

석굴암 본존상

④

경주 불국사 다보탑

논술 3. 경주 석굴암 석굴은 일제 강점기에 우리 조상들의 과학 기술을 이해하지 못한 보수 공사로 인해 오히려 습기가 차게 되었습니다. 이를 통해 배울 수 있는 문화재의 올바른 보수 방법은 무엇인지 써 보세요.

4주 4일 학습 끝!
붙임 딱지 붙여요.

4주 05

되돌아봐요

다음은 경주 역사 유적 지구의 주요 유적과 유물을 중심으로 만든 신라 시대의 역사 연표예요. (   ) 안에 들어갈 알맞은 유적이나 유물, 인물 이름을 보기 에서 찾아 써 보세요.

보기					
천마도	경주 미추왕릉	김유신	경주 명활성	선덕 여왕	박혁거세
김대성	경주 첨성대	경주 나정	황룡사	경주 월성	경주 서출지

B.C. A.D. 500

기원전 69년
(1) 신라의 시조 (   )의 탄생 설화가 깃든 우물인 (   ).

기원전 57년
박혁거세가 나라를 세움.

101년
(2) 파사왕 때 신라의 궁성인 (   )을 지음.

157년경
연오랑과 세오녀가 일본으로 건너감.

284년
(3) 미추왕이 세상을 떠나자 (   )에 장사 지냄.

405년 이전
(4) 전체 둘레가 약 6000미터인 (   )을 쌓음.

433년
고구려에 맞서 백제와 동맹을 맺음.

527년
법흥왕이 불교를 공식으로 받아들임.

553년
한강 하류를 차지하여 백제와 동맹이 깨짐.

553년
(5) 진흥왕이 궁궐을 짓다가 황룡이 나타났다는 말을 듣고 (   )로 고쳐 지음.

선생님,
연표가 뭐예요?

연표란 역사상 발생한 사건을 연대순으로 배열한 표란다. 이 중 역사 유적 연표는 보통 한 지역에서 발견된 유적이나 유물을 연대순으로 배열하여 표로 정리한 거야.

5~6세기
(6) 말다래에 그려진 (　　　　　)를 천마총에서 발견함.

562년
이사부가 대가야를 통합함.

568년경
진흥왕이 북한산에 순수비를 세움.

600

632~647년
(8) 동양 최고의 천문대로 알려진 (　　　　　)를 세움.

634년
(7) (　　　　　)을 기리기 위해 분황사를 짓고 석탑을 세움.

654년
김춘추가 왕위에 오름.

674년경
문무왕 때 동궁인 임해전과 월지를 만듦.

676년
당나라를 몰아내고 삼국을 통일함.

700

751년
(9) 경덕왕 때 (　　　　　)이 경주 불국사와 경주 석굴암 석굴을 지음.

875~885년
포석정을 만듦.

900

927년
경애왕이 포석정에서 참변을 당함.

935년
경순왕이 왕건에게 신라를 바침.

이야기로 떠나는 경주 여행

경주 역사 유적 지구에는 재미있는 이야기가 담겨 있는 유적이 많아요. 경주 역사 유적 지구에 담긴 흥미로운 이야기들을 한번 살펴볼까요?

아비지와 황룡사 9층 목탑

황룡사에 9층 목탑을 세우기로 결심한 선덕 여왕은 당시 신라의 건축 기술로는 그것이 무리라고 생각했어요. 그래서 신라보다 기술이 앞선 백제에서 '아비지'라는 사람을 데려와 일을 시켰지요. 하지만 첫 번째 기둥을 세우기로 한 날, 아비지는 백제가 멸망하는 꿈을 꾸고, 고향으로 돌아가기로 결심했어요. 그런데 갑자기 땅이 흔들리더니 늙은 스님과 힘센 장사가 나타나 기둥을 세우고 사라졌어요. 그것을 보고 탑을 세우는 일이 부처님의 뜻이라고 생각한 아비지는 정성을 다해 탑을 완성하였답니다.

석탈해와 경주 월성

석씨로는 처음으로 신라의 왕위에 오른 제4대 탈해왕은 알에서 태어났어요. 탈해는 토함산 위에 올라가 7일 동안 머물며 살 만한 곳을 살펴보았는데 반달처럼 생긴 한 곳이 마음에 쏙 들었답니다. 그곳은 호공이라는 신하의 집이었어요. 탈해는 호공의 집터에 몰래 숫돌과 숯을 묻어 놓고는 다음 날 찾아가 이곳이 자신의 조상이 대대로 살았던 집이라고 우겼어요. 그리고 그 증거로 집터에 묻힌 숫돌과 숯을 파서 보여 주었지요. 그렇게 석탈해는 호공의 집을 차지하는 데 성공했어요. 소문을 들은 남해왕은 석탈해를 슬기로운 사람이라고 생각해서 사위로 삼았고, 뒷날 왕위까지 물려주었어요. 탈해왕의 뒤를 이어 왕이 된 파사왕이 호공의 집터에 성을 세웠는데, 그 성이 '경주 월성'이랍니다.

김알지와 경주 계림

▲ 경주 계림

탈해왕은 한밤중에 숲에서 닭 우는 소리가 나자 이상히 여기고 신하를 보내어 이유를 알아보게 했어요. 신하는 숲속 나뭇가지에 금궤가 걸려 있고 그 밑에서 흰 닭이 우는 것을 보고, 돌아와서 탈해왕에게 보고했지요. 탈해왕이 숲으로 직접 가서 금궤 뚜껑을 열어 보니 놀랍게도 그 안에 사내아이가 있었어요. 그 아이가 바로 김알지랍니다. 신라 김씨 왕조의 시조가 태어난 그 숲을 사람들은 닭 우는 소리가 들렸다 하여 '계림'이라 불렀답니다.

소지왕과 경주 서출지

신라의 제21대 소지왕은 남산 기슭에 있던 정자로 가던 중 까마귀와 쥐를 보았어요. 까마귀를 쫓아가 보라는 쥐의 말을 듣고 소지왕은 곧장 신하를 보냈답니다. 까마귀를 쫓아가던 신하는 어느 연못에 이르렀는데, 그때 연못에서 한 노인이 나타나 신하에게 편지를 건네주었지요. 신하에게 편지를 전해 받은 소지왕은 궁에 돌아와 편지에 쓰인 대로 화살로 거문고집을 쏘았어요. 그 덕분에 왕을 죽이려고 숨어 있던 스님과 궁녀를 죽일 수 있었답니다. 그 뒤로 연못의 이름을 '편지가 나왔다'하여 '서출지(書出池)'라 부르게 되었지요.

여러분이 아비지라면 목탑을 완성하는 것이 백제의 멸망에 영향을 미친다는 사실을 알고 나서 어떻게 행동했을지 그 까닭과 함께 써 보세요.

내가 할래요

현장 학습 보고서를 써 볼까?

'지붕 없는 박물관, 경주 역사 유적 지구'를 통해 알게 된 내용을 바탕으로 경주 역사 유적 지구에 대한 현장 학습 보고서를 완성해 보세요.

활동명	경주 역사 유적 지구 현장 학습	
활동 장소	유네스코 세계 문화유산으로 지정된 경주 역사 유적 지구	
활동 기간	년 월 일~ 년 월 일	
활동 내용 및 새롭게 알게 된 점	월성 지구	월성 지구에는 경주 월성, 경주 계림, 임해전 터, 경주 첨성대 등이 속한다. 경주 월성은 반달처럼 생겼다고 하여 붙인 이름이다. 경주 계림은 김알지의 탄생 설화가 담긴 곳이다. 동양에서 가장 오래된 천문 관측대로 알려진 경주 첨성대를 보고는 신라인들이 과학적으로 매우 뛰어났다는 사실을 깨닫게 되었다. 

현장 학습 보고서에 들어갈 내용은 다음과 같아요.
- 장소와 날짜
- 함께 간 사람과 목적, 교통편
- 본 것(사진과 안내도 등을 함께 제시하면 좋아요.)
- 들은 정보와 새롭게 알게 된 사실
- 인상 깊었던 점과 느낀 점

확인할 내용	잘함	보통임	부족함
1. 이번 주 학습을 5일(월요일~금요일) 안에 끝마쳤나요?			
2. 경주 역사 유적 지구에 어떤 유적이 있는지 이해하였나요?			
3. 경주 불국사와 경주 석굴암 석굴의 특징에 대해 설명할 수 있나요?			
4. 현장 학습 보고서를 잘 쓸 수 있나요?			

활동 내용 및 새롭게 알게 된 점	황룡사 지구	(1)
	남산 지구	(2)
	산성 지구	(3)
	경주 불국사와 경주 석굴암 석굴	(4)
활동 후 느낌	(5)	

전하는 말

4주 5일 학습 끝!

붙임 딱지 붙여요.

1주 삼국유사

1주 11쪽 생각 톡톡

경주 불국사

1주 13쪽

1 (1) ○ (2) ○ (3) ○ 2 ① 3 예 당시에는 농사를 매우 중요하게 생각하였다는 것을 의미한다. / 훌륭한 지도자에게는 농사가 잘되게 하는 능력이 필요했다는 것을 의미한다.

1 천부인은 거울, 칼, 방울입니다. 거울은 하늘, 칼은 왕권, 방울은 종교적 힘을 각각 상징하는 물건입니다.

3 당시에는 농사가 매우 중요하였습니다. 따라서 바람, 비, 구름을 다스리는 신을 이끌고 내려왔다는 것은 환웅이 농사가 잘되게 하는 능력을 가진 지도자였다는 것을 의미합니다.

1주 15쪽

1 (1) ㉡ (2) ㉠ 2 ② 3 예 곰을 숭배하는 사람들은 환웅의 무리와 함께 살게 되었지만, 호랑이를 숭배하는 사람들은 함께 살지 못하고 다른 곳으로 옮겨 갔음을 의미한다. / 곰을 숭배하는 사람들과 환웅의 무리가 힘을 합쳐 호랑이를 숭배하는 사람들을 몰아냈음을 의미한다.

1 환웅이 호랑이와 곰에게 햇빛을 보지 말라고 한 날수는 100일이고, 곰이 동굴로 들어가서 햇빛을 보지 않고 지낸 날수는 21일입니다.

3 옛사람들은 어떤 경이로움을 지닌 동물을 신성스럽게 여기는 토테미즘(totemism) 신앙을 가지고 있었습니다. 단군 신화에서 웅녀는 곰을 숭배하는 부족을 상징한다고 볼 수 있습니다.

1주 17쪽

1 ⑤ 2 홍익인간 3 예 (1) 지희 (2) 실제로 사람이 1908세까지 산다는 것은 불가능하다. 당시에는 모든 왕을 단군왕검이라 부르지 않았을까? 그랬다면 기록에 1908년 동안 단군이 다스린 것으로 남을 수 있다.

1 단군이 세운 조선은 우리 민족 최초의 국가로, 위만이 세운 위만 조선이나 이성계가 세운 조선과 구분하기 위하여 고조선이라고 부릅니다.

3 두 친구의 의견 중에서 더 타당하다고 생각되는 의견을 고르고, 그렇게 생각하는 까닭을 함께 써 봅니다.

1주 19쪽

1 ④ 2 (1) ㉡ (2) ㉠ (3) ㉢ 3 예 나는 공부를 열심히 해서 세계적으로 훌륭한 과학자가 될 것이다. 그래서 우리나라의 이름을 전 세계에 알릴 것이다.

1 문무왕은 신라와 당나라 연합군으로 660년에 백제를, 668년에 고구려를 멸망시켰습니다. 그 뒤 676년 당나라 세력을 몰아내고 삼국 통일이라는 대업을 완수했습니다. ①, ②, ③은 진흥왕의 업적이고, ⑤는 신문왕의 업적입니다.

3 문무왕은 죽어서도 용이 되어 나라를 지키겠다고 할 만큼 나라를 사랑했습니다. 여러분의 입장에서 나라를 위해 할 수 있는 일을 써 봅니다.

1주 21쪽

1 오시(午時) **2** ⑤ **3** 예 삼국 통일을 위해 오랜 전쟁을 해야 했던 신라가 이제는 전쟁에서 벗어나 평화롭기를 바라는 마음으로 보물을 보냈을 것이다.

1 옛사람들은 지금처럼 하루를 24시로 나누지 않고 12간지에 따라 하루를 열둘로 나누는 십이시(十二時)를 사용하였습니다.

3 문무왕과 김유신 장군은 삼국 통일을 이룬 인물들입니다. 이들이 신문왕에게 세상을 평화롭게 해 줄 귀한 보물을 보낸 까닭을 써 봅니다.

1주 23쪽

1 천존고 **2** ③ **3** 예 해일이나 화산, 지진 등이 일어날 때 피리를 불어 큰 자연재해를 막겠다. / 전쟁이 일어나는 지구 곳곳을 돌며 전쟁을 멈추게 하겠다. / 병들어 죽어 가는 사람들을 살려 주겠다.

3 만파식적을 불면 적이 물러가고, 병이 나았습니다. 또 가물 때는 비가 오고, 장마에는 비가 멈추었을 뿐만 아니라 거센 바람이 가라앉고 세찬 물결이 잠잠해졌다고 하였습니다. 오늘날 우리 사회에 만파식적과 같은 신기한 능력을 이용하면 좋을 만한 경우를 찾아봅니다.

1주 25쪽

1 ⑤ **2** 민정 **3** 예 귀족들을 제압하고 왕권을 보다 강화하기 위해서 불교를 받아들였을 것이다. / 국민들의 마음을 하나로 모으기 위해서 불교를 받아들였을 것이다.

2 신라는 여섯 부족이 힘을 합해 나라를 세우고 귀족 회의를 통해 왕을 뽑았기 때문에 왕이 귀족들을 통제하기 어려웠습니다. 그래서 법흥왕 때까지는 고구려나 백제에 비해 왕권이 약한 편이었습니다.

3 불교는 왕이 곧 부처라는 사상을 내세우기 때문에 왕권을 강화시키는 역할을 하였습니다. 그래서 삼국은 불교의 힘을 빌려 백성들의 마음을 하나로 모으고 나라를 지키고자 하였습니다.

1주 27쪽

1 (1) ○ **2** ④, ⑤ **3** 예 나라면 이차돈의 생각을 절대 받아들이지 않았을 것이다. 왜냐하면 이차돈의 목숨을 희생시키지 않고 불교를 받아들이게 할 수 있는 다른 방법도 반드시 있을 것이기 때문이다.

2 인물이 한 말과 행동을 잘 살펴보면 인물이 어떤 성격을 가졌는지 짐작할 수 있습니다. 불교와 법흥왕을 위해 목숨을 내놓은 이차돈의 성격을 알아봅니다.

3 여러분이 법흥왕이라면 이차돈처럼 스스로 자신의 목숨을 바치겠다고 나서는 신하가 있을 때 어떻게 했을까요? 법흥왕처럼 받아들였을지, 그렇지 않았을지 잘 생각해 봅니다.

1주 29쪽

1 (1) ○　2 법흥왕　3 예 이차돈이 죽을 때 흰 피가 솟구치고 꽃비가 쏟아져 내리는 기적이 일어났기 때문이다.

1 이차돈 순교비는 그의 순교 정신을 기리기 위하여 818년에 세워진 비석입니다. 서울 북한산 신라 진흥왕 순수비는 진흥왕이 한강 유역을 차지한 것을 기념하기 위하여 세운 비석입니다.

3 이차돈이 죽기 직전에 '부처님이 신령하시다면 자신이 죽은 뒤에 신기한 일이 일어날 것'이라고 하였는데 정말 흰 피가 솟구치고 꽃비가 쏟아져 내리는 기적이 일어났습니다. 그로 인해 신라에서 불교를 반대하는 사람이 없어지고 공식 종교로 받아들이게 된 것입니다.

1주 31쪽

1 (1) ① (2) ② (3) ②　2 (1) ㉠ (2) ㉡　3 예 나는 대성의 행동을 어리석다고 생각한다. 전 재산이나 다름없는 밭을 시주하면 오히려 더 큰 어려움이 닥칠 수 있기 때문이다. 나라면 밭을 시주하는 대신 다른 방법을 찾아보았을 것이다.

2 복안이 시주한 것은 베 50필이고 대성이 시주한 것은 작은 밭입니다.

3 다음 생을 위하여 대성과 어머니는 현생의 전 재산을 부처님께 바쳤습니다. 죽은 뒤의 일을 위해 스스로 어려운 생활을 선택한 대성과 어머니의 행동에 대해 어떻게 생각하는지 써 봅니다.

1주 33쪽

1 ④　2 ④　3 예 재상의 집에 다시 태어난 대성은 평민의 집에서 태어났을 때보다 더 좋은 환경에서 어려움 없이 평탄하게 자랐을 것이다. 그러나 어려움을 몰라 부모에게 효도할 줄도 감사할 줄도 몰랐을 것이다.

1 평민인 대성이 귀족의 집에 다시 태어난 것은 신분이 올라갔다는 것을 의미합니다. '신분 몰락'은 그 반대의 경우이지요. '자수성가'란 자기 혼자의 힘으로 집안을 일으키고 재산을 모으는 것을 말합니다. '패가망신'은 집안의 재산을 다 써 없애고 몸을 망친 것을 말하고, '대기만성'은 크게 될 사람은 늦게 이루어짐을 이르는 말입니다.

3 대성이 평민으로 태어났을 때에는 가난하여 많은 어려움을 겪었지만 효심이 매우 깊었습니다. 하지만 재상의 아들로 다시 태어난 대성은 그런 어려움을 겪지는 않았을 것입니다. 그럼에도 예전처럼 효심이 깊었을까요? 부잣집에서 태어났을 경우에 좋은 점과 좋지 않은 점을 모두 생각해 봅니다.

1주 35쪽

1 ① **2** (1) ㉠ (2) ㉡ **3** 예 효도란 부모님이 바라는 대로 해 드리는 것이라고 생각한다. 부모님은 자식들이 늘 건강하게 자라길 바라시므로 건강한 몸을 위해 편식을 하지 않고 바른 생활 습관을 기르는 것이 효도라고 생각한다.

3 효도란 부모님을 정성껏 잘 섬기는 일을 말합니다. 부모님을 정성껏 섬기기 위해 내가 할 수 있는 일에는 무엇이 있는지 곰곰히 생각하여 써 봅니다.

1주 36~37쪽 되돌아봐요

1 (1) 고조선 시대 (2) 신라 신문왕 때 (3) 신라 법흥왕 때 (4) 신라 경덕왕 때 **2** (2) ○ **3** ② **4** (1) 청동 검 (2) 이차돈 순교비 (3) 경주 이견대 (4) 경주 불국사

1 '하늘과 땅의 자손, 단군왕검'은 고조선 시대를 배경으로 한 이야기이며, '평화를 부르는 피리, 만파식적'은 신라 신문왕 때, '불국사와 석굴암을 지은 김대성'은 신라 경덕왕 때, '불교를 위해 목숨을 바친 이차돈'은 신라 법흥왕 때의 이야기입니다.

4 청동 검은 청동기 시대의 대표적인 유물로 단군 신화와 관련이 있습니다. 또한 이차돈 순교비는 이차돈의 순교를 기념하기 위한 비석이며, 경주 이견대는 만파식적과 관련이 있습니다. 경주 불국사는 경주 석굴암 석굴과 함께 김대성이 지은 절입니다.

1주 39쪽 궁금해요

예 우리 민족이 중국 못지않게 오랜 역사를 가진 자랑스러운 민족임을 증명해 주기 때문이다. / 민족혼을 일깨워 주기 때문이다. / 우리의 뿌리를 알고 그것을 통해 진정한 우리의 모습을 찾게 해 주기 때문이다.

- "삼국유사"를 읽으면서 느낀 점은 무엇인지, 오늘날 우리에게 "삼국유사"란 역사책이 없다면 어떠했을지 등을 생각해 봅니다. 또한 "삼국유사"의 가치에 대한 여러분의 생각을 정리하여 써 봅니다.

1주 41쪽 내가 할래요

예

- 각 말풍선 안에 어떤 말이 들어가야 멋진 텔레비전 광고가 완성될지 생각해 봅니다.

2주 옛날 사람들은 어떻게 살았을까?

2주 43쪽 생각 톡톡

서당

2주 45쪽

1 ⑤ 2 정월 대보름 3 예 옛날 사람들은 자연에서 먹을거리와 입을 옷 등을 얻음으로써 자연에 의존하는 경우가 많았다. 그로 인해 자연은 인간을 살게도 하고, 죽게도 한다고 믿었을 것이다. 따라서 자연을 종교처럼 여기고 신성한 존재로 받아들일 수밖에 없었을 것이다.

1 시간적 배경은 사건이 벌어진 때이고, 공간적 배경은 사건이 일어난 장소를 말합니다.

3 옛날 사람들의 생활은 자연과 밀접한 관계가 있었습니다. 자연을 통해 먹을거리를 얻었고, 태양과 땅, 물을 이용하여 농사를 지었기 때문입니다.

2주 47쪽

1 (1) ㉢ (2) ㉡ (3) ㉠ 2 (1) ○ (2) X (3) ○ (4) ○
3 예 농기구가 발달하면서 농사를 보다 빠르고 편하게 지을 수 있게 되었다. 더구나 단단한 쇠로 만든 농기구가 나온 뒤로는 더 넓은 땅을 빠른 시간에 경작할 수 있게 되었다. 자연히 한 사람이 짓는 농사의 양도 늘어나게 되었고 농업 생산량도 늘어나게 되었다.

2 보릿고개란 햇보리가 나올 때까지 식량이 부족하여 견디기 힘든 시기를 말합니다. 주로 농사를 지었던 옛날 사람들은 묵은 곡식이 떨어질 때쯤이면 집집마다 배를 곯는 어려운 때를 보냈습니다.

3 농기구의 사용으로 인해 농사를 효율적으로 지을 수 있었으며 농업 생산량도 늘어나게 되었습니다.

2주 49쪽

1 ③ 2 ②, ④, ①, ③ 3 예 이 세상에는 혼자서 하기에 벅찬 일들이 많이 있다. 이때 서로 도와가며 하나하나 일을 해결하면 어려운 일도 쉽게 할 수 있다. 게다가 내가 남을 도우면 내가 어려울 때 남도 나를 도와줄 수 있다. 또 나눔은 사람을 행복하게 해 준다고 생각한다. 상대방을 이해하고 배려해 주는 마음은 받을 때도 기쁘지만 줄 때 더 기쁘기 때문이다.

3 '나눔'을 통해 개인적으로나 사회적으로 어떤 영향이 있을지 생각해 봅니다. 서로 일손을 나눔으로써 일의 효율성을 높일 수도 있고, 나눔을 통해 행복한 마음을 전달할 수도 있습니다.

2주 51쪽

1 ③ 2 ③ 3 예 우리 몸은 적당한 휴식을 가져야 활동하는 데 지장이 없다. 학교 수업의 경우에 쉬는 시간 없이 계속 공부만 한다면 지쳐서 수업에 집중하기 힘들 것이다. 이처럼 일을 할 때나 공부를 할 때 갖는 휴식 시간은 시간을 낭비하기보다는 오히려 일이나 공부의 효율성을 높여 주기 때문에 꼭 필요하다.

2 발효 음식은 미생물이나 균을 이용해 우리 몸에 좋은 성분을 얻어 낸 음식입니다. 대표적인 발효 음식으로는 '김치, 된장, 고추장, 간장' 등이 있습니다.

3 우리 생활에 휴식이 왜 필요하고 어떤 영향을 미치는지 생각해 봅니다.

2주 53쪽

1 ① 2 ① 3 예 교육을 하는 데 꼭 체벌이 필요하다고 생각하지 않는다. 시간이 걸리더라도 충분한 대화와 타이름으로 바르게 교육할 수 있다고 생각한다. 또한 어린 학생들이라 할지라도 체벌로 무섭게 다스리기보다 인격적으로 존중해 주어야 한다고 생각한다.

2 옛날에도 오늘날 학교와 같은 전문 교육 기관이 있었습니다. 국학은 통일 신라 시대의 교육 기관이고, 태학은 고구려의 교육 기관, 국자감은 고려 시대에 유학을 가르치던 교육 기관, 성균관은 고려·조선 시대의 고등 교육 기관입니다.

3 체벌에 대한 찬성 혹은 반대의 입장을 정하고, 그 까닭을 설명해 봅니다. 객관적이고 논리적인 생각을 펼칠 수 있어야 합니다.

2주 55쪽

1 ② 2 ② 3 예 아버지, 어머니. 저도 휴대 전화를 사 주세요. 친구들은 서로 문자를 보내거나 전화를 해서 만나기도 하는데 저는 휴대 전화가 없다 보니 문자를 어떻게 보내는지도 모르겠고, 친구들과 어울리기도 힘들어요. 휴대 전화가 있으면 급한 일이 있을 때 부모님께 빨리 연락을 할 수 있어 좋잖아요. 휴대 전화는 저에게 꼭 필요한 물건이에요.

1 옛날에는 3일장, 5일장이 열렸습니다. 즉, 3일이나 5일 간격을 두고 한 번씩 장이 열렸습니다. 장터에는 많은 사람들이 모여 여러 가지 물건을 사고팔았습니다.

3 설득을 잘하기 위해서는 주장에 알맞은 까닭을 설명해야 합니다. 가지고 싶은 물건이 있다면 왜 그것이 필요한지 충분히 설명해야 합니다.

2주 57쪽

1 ③ 2 (1) ㉡ (2) ㉣ (3) ㉢ (4) ㉠ 3 예 조상들은 지붕 위에 무서운 도깨비나 용, 동물 조각 등을 올려놓음으로써 집으로 들어오는 나쁜 기운을 막으려고 했다.

2 울릉도에서는 벽에 짚을 댄 투막집을, 제주도에서는 지붕을 굵은 밧줄로 얽고 돌을 얹은 돌담집을, 동남아시아 지역에서는 물 위에 지은 집인 수상 가옥을, 북극에서는 눈과 얼음으로 이글루를 짓습니다.

3 옛사람들은 집을 지을 때 구석구석에 여러 가지 의미를 담았습니다. 특히 용이나 도깨비, 무서운 동물 문양의 장식은 나쁜 기운을 쫓아낸다고 믿었습니다.

2주 59쪽

1 ④ 2 ② 3 예 명절은 나라마다 생활상이나 자연환경 등에 많은 영향을 받는다. 농사를 주로 지으면 농사에 관련된 명절이 있고, 어업을 주로 하면 바다와 관련된 명절이 있다. 따라서 그 나라의 특색이나 사상, 풍속 등이 반영된 명절이 생겨난 것이다.

3 우리나라 명절은 농사에 관련된 것이 많습니다. 명절에는 그 나라의 생활, 풍속, 사상 등이 고스란히 담겨 있습니다.

2주 61쪽

1 ①, ③ **2** (1) 전기다리미 (2) 믹서 (3) 세탁기 (4) 전등 **3** 예 덥다고 찬 음식을 많이 먹으면 배탈이 날 수 있다. 그래서 삼계탕처럼 몸의 열을 내면서도 영양이 풍부한 음식을 먹으면 지친 여름철에 건강을 챙길 수 있다.

3 '이열치열'은 '열은 열로써 다스린다'는 뜻으로 열이 날 때에 땀을 낸다든지, 뜨거운 음식을 먹어 더위를 이긴다든지 할 때에 쓰는 말입니다. 실제로 여름철에 찬 음식을 많이 먹으면 배탈이 나기 쉽기 때문에 더운 복날에는 뜨거운 음식을 먹어 몸의 기운을 보강하였습니다.

2주 63쪽

1 ③ **2** ④ **3** 예 한복은 소매통이 넓고 깊어서 조상들은 주머니 대신 소맷자락을 주머니로 이용하였다. 또 허리춤에 복주머니를 달아서 소지품을 보관하기도 하였다.

1 옛날 여인들은 긴긴 여름밤을 이용해서 실을 내고 옷감 짜는 일을 하였습니다.

3 한복의 특징은 소매통이 넓고 깊다는 것입니다. 이 외에도 옛날 우리 조상들은 복주머니를 허리춤에 달아서 소지품들을 넣고 다녔습니다.

2주 65쪽

1 ② **2** ⑤ **3** 예 사람은 모두 평등하다. 그런데 신분 제도는 사람을 평등하게 생각하지 않는다. 사람이 사람답게 살고 대접받는 인권은 인간이 가진 가장 기본적인 권리이다. 신분 제도 때문에 이 권리를 침해당해서는 안 된다고 생각한다.

2 쇠는 어떤 물질이 섞여 있느냐에 따라 강도가 달라집니다. 철을 약하게 하는 불순물을 두드려서 빼내면 철이 더 강해집니다.

3 신분 제도는 태어나면서부터 사람들의 신분을 정해 놓은 것입니다. 우리나라의 신분 제도는 조선 시대 말에 점점 무너지다가 오늘날에는 완전히 사라졌습니다.

2주 67쪽

1 (1) X (2) ○ (3) X (4) X **2** ②, ④, ③, ① **3** 예 집 짓는 일을 해 보고 싶다. 왜냐하면 집을 직접 지어 보면 우리나라 전통 가옥의 특징을 더 자세히 알 것 같기 때문이다. 또 우리 가족들과 함께 살 수 있는 집을 직접 짓고 싶기 때문이다.

3 가장 기억에 남는 장면을 떠올려 봅니다. 가령 집 짓는 일을 체험해 보고 싶다면 어떠한 점이 흥미를 끌었는지, 체험을 통해 배울 수 있는 점은 무엇인지 써 봅니다.

2주 68~69쪽 되돌아봐요

1 (1) ㉠ (2) ㉣ (3) ㉡ (4) ㉢ **2** (1) 베틀 (2) 길쌈 **3** ⑤ **4** (1) ○ (2) ○ (3) X (4) X **5** (1) ㉢ (2) ㉠ (3) ㉡

2 베틀은 옛날 여인들이 길쌈을 할 때 사용하던 물건입니다. 즉, 삼베, 무명, 명주 따위의 옷감을 짜는 틀을 말합니다.

5 옛날과 오늘날의 생활 모습은 많이 바뀌었지만, 잘 살펴보면 공통점을 발견할 수 있습니다.

2주 71쪽 궁금해요

예 초등학교에 오후반이 있으면 좋겠다. 그러면 아침에 늦잠을 잘 수도 있고 학원에 가지 않아도 될 테니 말이다.

● 옛날과 오늘날의 생활 모습 중 비슷한 점과 다른 점을 생각해 봅니다. 그리고 어떤 것이 오늘날까지 이어지면 좋을지 써 봅니다.

2주 73쪽 내가 할래요

예 관복을 입은 교관이 남자들에게 활 쏘는 법을 가르치고 있다. 교관의 지도를 받으며 활을 쏘고 있는 사람은 힘든지 인상을 쓰고 있다. 순서를 기다리는 두 남자는 활과 활시위를 손보며 자기 차례를 기다리고 있다. 하지만 앞 순서의 남자가 계속 엉뚱한 방향으로 화살을 쏘아 대는 바람에 한 시간이 넘도록 순서가 돌아오지 않았다. 급기야 비까지 쏟아지는 바람에 차례를 기다리던 두 사람은 활시위 한번 당겨 보지 못하고 집으로 돌아갈 수밖에 없었다.

● 그림 속 인물들의 표정과 행동을 통해 어떤 상황일지 상상해서 이야기를 만들어 써 봅니다.

3주 역사를 바꾼 겨레 과학

3주 74쪽 생각 톡톡

금속 활자

3주 77쪽

1 ③, ⑤ 2 ④ 3 예 역사가 반복된다는 것은 역사를 통해 미래를 예측할 수 있다는 의미이기도 하다. 그러므로 지나간 역사를 공부하면 잘못된 부분, 잘된 부분을 배울 수 있어서 현재와 미래를 설계하는 데 큰 도움이 된다고 생각한다.

2 조선 시대에 정약용이 만든 거중기는 무거운 물건을 쉽게 들어 올리는 데에 쓰던 기계로, 당시 건축이나 토목 공사에 큰 도움이 되었습니다.

3 인류의 과거와 현재, 미래는 자세히 보면 일정한 규칙으로 움직이고 있음을 알 수 있습니다. 따라서 흥망성쇠를 이루는 과거의 역사를 통해서 미래를 예측할 수 있습니다.

3주 79쪽

1 ⑤ 2 농업 혁명 3 예 농사일은 여러 사람이 힘을 모아야 할 때가 많다. 이럴 때 지도자는 사람들의 힘을 모으고, 해야 할 일을 나누고, 함께 일해서 얻은 곡식을 공평하게 나누어 주는 역할을 했을 것이다. 또한 가뭄이나 홍수 같은 자연재해에 대비하거나 해결하는 방법을 내놓았을 것이다.

1 기후와 같은 자연 현상은 농사에 큰 영향을 끼쳤습니다.

3 농경 사회에서 왕과 같은 지도자의 역할은 농사를 잘 지을 수 있게 하는 것입니다.

3주 81쪽

1 ⑤ 2 측우기 3 예 과학적 통계 자료는 미래를 예측하는 데 좋은 자료가 된다. 따라서 측우기를 이용한 비의 양을 기록한 자료로 한 해 내릴 비의 평균량을 알 수 있고, 또 앞으로 내릴 비의 양도 예측할 수 있다. 그리고 어느 시기에 비가 많이 오는지, 언제쯤 비의 양이 줄어드는지도 예측할 수 있다.

1 조선 시대에는 비가 내리면 지역마다 내린 비의 양을 측정해 조정에 보고하게 하였습니다.

3 날씨는 정확한 통계 자료를 통해 예측이 가능합니다.

3주 83쪽

1 태평성대 2 ② 3 예 내 방 한쪽에는 어릴 때부터 내 키를 기록해 놓은 기록판이 있다. 계절이 바뀔 때마다 키를 재서 기록해 두었는데 그 기록만으로도 키가 언제 얼마나 자랐는지 알 수 있다. 키가 조금 자랐다 싶으면 우유도 더 챙겨 먹고, 운동도 더 열심히 한다. 이처럼 꾸준한 기록은 과거를 통해 현재를 점검하고 미래를 계획하게 해 주어서 좋다.

1 어진 임금이 나라를 잘 다스리거나 나라가 부강하여 백성이 편안한 세상이나 시대를 '태평성대(太平聖代)'라고 합니다.

3 실제 자신이 기록했던 일, 주위 사람들이 기록한 일을 생각해 봅니다. 기록을 어떻게 이용했는지 떠올려 보면 기록의 장점을 알 수 있습니다.

3주 85쪽

1 ㉠ 나무 ㉡ 나무 활자 ㉢ 금속 ㉣ 금속 활자
2 ② 3 예 옛날부터 우리 조상들은 금속을 잘 다루었다고 전해진다. 이런 솜씨는 활자를 만드는 데도 이용되었을 것이다. 더구나 조상들은 학문을 즐겼기 때문에 금속 활자로 더 편리하게 책을 만들었을 것이다.

2 청동기 시대에 우리 조상들은 구리에 주석이나 아연, 납 등을 섞어 합금한 청동을 이용해서 청동 검을 만들었습니다.

3 금속 활자를 만드는 데는 뛰어난 과학 기술이 필요합니다. 금속 활자를 만드는 기술이 다른 나라보다 앞선 이유가 무엇인지 이 글의 마지막 부분에 잘 나타나 있습니다.

3주 87쪽

1 ⑤ 2 "직지심체요절(백운화상초록불조직지심체요절)" 3 예 문화재에는 그 나라 사람들의 정신이 고스란히 담겨 있다. 그것을 빼앗아 가서 돌려주지 않는 것은 큰 잘못이다. 어느 나라든 자신의 문화재를 지키고 이어 가는 것은 그 나라 사람들의 의무이자 권리이다. 그렇기 때문에 문화재 반환은 반드시 이루어져야 한다고 생각한다.

1 금속 활자로 인쇄가 가능해지면서부터 사람들은 보다 쉽게 책을 접할 수 있게 되었고, 그로 인해 학문이 크게 발달하였습니다.

3 문화재 반환을 하지 않는 나라들은 문화재 소유권을 주장하며 반환을 거부하고 있습니다. 최근 "직지심체요절"을 비롯한 외규장각 도서들을 145년 만에 프랑스로부터 반환받기는 했지만 소유권을 완전히 되돌려 받지는 못하였습니다.

3주 89쪽

1 ⑤　2 정약용　3 예 책임감이 강하고 현명하게 일을 진행하는 사람을 선택하겠다. 현명한 사람이라면 맡은 일을 잘 처리할 뿐만 아니라 함께 일하는 사람들의 마음도 잘 헤아려 줄 것이기 때문이다.

1 정조는 수도를 화성으로 옮겨 왕권을 더욱 강화할 뿐만 아니라 아버지 사도 세자의 묘를 수원으로 옮겨 그 넋을 기리고자 하였습니다.

3 여러 사람과 힘을 모아 큰일을 해내야 할 때 책임자로서 어떤 점이 필요할지 생각해 봅니다.

3주 91쪽

1 ④　2 ④　3 예 책을 읽다가 모르는 내용을 그냥 지나치지 않으므로 책에 담긴 내용을 잘 이해할 수 있다. 또 이렇게 모르는 내용을 찾아보는 과정에서 여러 책을 접할 수 있게 되어 더 많은 지식을 얻을 수 있다.

2 두레박으로 우물의 물을 길어 올릴 때에는 도르래의 원리를 이용하여 힘의 방향을 바꿉니다.

3 정약용이 아들에게 설명한 독서법은 책을 정독하고, 그 내용을 모두 이해하기 위해 연구하는 자세로 독서하는 방법이었습니다.

3주 93쪽

1 ③　2 (1) ㉡ (2) ㉠ (3) ㉢　3 예 세계 문화유산은 어느 한 나라의 유산이기 이전에 인류 전체의 유산이므로 전 세계 사람이 힘을 모아 보존하고 후손에게 물려주어야 한다. 그래서 전쟁이나 자연재해 등으로 문화유산이 파괴되지 않도록 국제적으로 특별히 관리할 필요가 있다.

3 1972년 제17차 유네스코 정기 총회에 참가한 각국의 대표자들은 인류의 소중한 유산이 인간의 부주의로 파괴되는 것을 막기 위해 세계 문화유산 협약을 맺었습니다.

3주 95쪽

1 ⑤　2 종이, 나침반, 화약　3 예 교통사고는 우리 생활에서 가장 흔하게 일어나는 사고이다. 편리하게 사용하는 자동차가 사람을 위협하는 존재가 된 것이다. 또 자동차 사용의 증가는 환경오염의 주된 원인이 되고 있다. 자동차에서 배출되는 배기가스는 물론 자동차가 다닐 수 있도록 길을 닦으면서 훼손되는 자연환경도 심각한 문제이다.

2 중국의 대표적인 3대 발명품은 '종이, 나침반, 화약'입니다.

3 자동차 발달로 인한 해로운 점을 생각해 봅니다. 지나친 과학만능주의는 인류의 터전을 해칠 수도 있음을 알고, 보다 올바르게 사용할 수 있는 방법을 생각해 봅니다.

3주 97쪽

1 ①, ⑤　2 (1) ○ (2) ○ (4) ○　3 예 화약이 없을 때는 병사들이 맞붙어 칼이나 창으로만 싸웠을 것이다. 하지만 화약을 전쟁에 이용하면서 멀리서도 적을 공격할 수 있게 되었고, 화약을 터뜨려 한꺼번에 많은 적들을 무찌를 수 있게 되었다.

2 최무선은 화약을 이용해 화포와 유화, 주화를 만들었고, 이들 신식 무기를 실을 수 있는 전선까지 만들었습니다.

3 칼이나 창에 비해 화약 무기는 무시무시한 폭발력이 있습니다. 전쟁에서 화약을 어떻게 활용하였을지 생각해 봅니다.

3주 99쪽

1 ⑤　2 신기전　3 예 지도가 사람들의 일상생활에 큰 영향을 미친 것과 같이, 내비게이션도 사람의 이동을 더욱 자유롭게 해 주었다. 하지만 지나치게 내비게이션에 의존하다 보니 방향 감각이 무디어지고 예전에 비해 길을 외우지 못하는 운전자들이 많아졌다.

3 내비게이션은 위성을 이용해 위치를 파악합니다. 처음에는 전쟁 시 적군의 위치를 파악하기 위해 만들어졌지만 일상생활에 이용되면서 길을 안내해 주는 역할을 합니다.

3주 100~101쪽 되돌아봐요

1 ③, ⑤　2 ①, ③　3 (1) ㉢ (2) ㉠ (3) ㉡　4 거중기　5 (1) ○ (2) ○ (3) X (4) ○ (5) ○ (6) X (7) X
6 예 엄마는 내가 하는 일에 시시콜콜 간섭을 해서 스트레스가 쌓일 때가 많다.

1 '여러 차레'는 '여러 차례', '능수능난하다'는 '능수능란하다'가 맞는 표현입니다.

4 거중기는 정약용이 수원 화성을 짓는 데 사용하기 위해 도르래의 원리를 이용하여 만든 기계입니다.

6 '시시콜콜'이란 '자질구레한 것까지 낱낱이 따지거나 다루는 모양'을 뜻하는 낱말입니다.

3주 103쪽 궁금해요

예 세계적으로 과학에 큰 변화가 있던 시기가 17세기이기 때문이다. 17세기는 근대 과학이 확립된 시기이다.

● '혁명'이란 변화의 폭이 매우 클 때 쓰이는 낱말입니다.

3주 105쪽 내가 할래요

예 나만의 거북선

● 거북선에 필요한 기능과 상대를 위협할 수 있는 모양을 생각해서 '나만의 거북선'을 그려 봅니다.

4주 지붕 없는 박물관, 경주 역사 유적 지구

4주 107쪽 생각 톡톡

신라, 경주 첨성대

4주 109쪽

1 ④ 2 ⑤ 3 예 미리 여행 계획을 세울 수 있고, 이곳저곳 헤매지 않고 다니기 때문에 시간과 비용을 절약할 수 있다. 또 필요한 정보만을 수집할 수 있어서 알차게 활동할 수 있다.

1 기행문이나 현장 학습 보고서에는 자신의 생각이나 느낌을 쓸 수 있습니다. 객관적인 내용만을 써야 하는 글의 종류는 설명하는 글입니다.

3 현장 학습을 다녀온 기억을 떠올리고 필요한 정보를 미리 찾아보고 떠났을 때 좋은 점을 써 봅니다.

4주 111쪽

1 ③, ④ 2 (1) ○ (2) ○ (3) ○ (4) X (5) ○ 3 예 (1) 고구려, 백제, 신라 사람들을 하나로 모아 민족 고유의 독특한 문화를 이루게 하였다. (2) 당나라의 힘을 빌려 이루어졌으며, 고구려 북쪽 영토를 잃어 한반도 전체의 통일을 이루지 못하였다.

1 신라는 엄격한 신분 사회여서 태어나면서부터 골품제에 따라 여러 신분으로 나뉘었습니다. 이 중 귀족들은 풍족하고 호화로운 생활을 하였습니다.

3 당나라의 힘을 빌려 삼국 통일을 한 것이 주는 한계와 오랜 분열 끝에 이룬 삼국 통일이 갖는 의의를 써 봅니다.

4주 113쪽

1 ⑤ 2 (1) ㉢ (2) ㉠ (3) ㉡ 3 예 (1) 천문 관측대라고 생각한다. (2) 천문 관측대로 이용했다는 옛 기록이 있고, 천문학적인 여러 가지 의미를 담아 만들어졌다는 것을 알 수 있기 때문이다. 물론 오늘날의 기준으로 보았을 때에는 천문 관측대로서 부족한 점이 많지만 당시에는 천문 관측대로서 훌륭한 역할을 했을 것이다.

3 경주 첨성대를 바라보는 여러 가지 의견 중에서 가장 타당성이 있는 의견은 무엇인지, 왜 그것이 타당성 있게 생각되는지 의견을 써 봅니다.

4주 115쪽

1 (1) ○ 2 돌무지덧널무덤 3 예 나는 순장 풍습에 반대한다. 왜냐하면 사람의 생명은 무엇보다 소중하기 때문이다. 죽은 왕을 위해 산 사람들을 함께 묻는다는 것은 너무 잔인한 일이라고 생각한다.

1 천마총은 '천마도(하늘을 나는 말 그림)'가 그려진 말다래가 나와 붙여진 이름입니다. (2)의 수렵도와 (3)의 무용도는 고구려 무용총에서 나온 벽화입니다.

2 황남대총은 돌무지덧널무덤 형식입니다.

3 죽은 사람을 위해 산 사람을 무덤에 함께 묻는 순장 풍습에 대해 찬성이나 반대 입장을 정하고 타당한 근거를 들어 써 봅니다.

4주 117쪽

1 (1) ㉠ (2) ㉡ (3) ㉢ (4) ㉣ 2 기마 인물형 토기
3 예 신라 왕들은 자신들이 죽어서도 백성들이 자신들을 기억하고 잘 따르기를 바랐기 때문이다. / 새로운 왕이 선왕의 무덤을 통해 자신의 정통성과 힘을 과시하고 백성들로부터 존경받기 위해서이다.

3 어떤 목적으로 왕들의 무덤을 나라의 수도에 만들었을지 써 봅니다.

4주 119쪽

1 (1) ○ (2) X (3) ○ (4) X 2 ① 3 예 불상을 만드는 기술이 뛰어났다. / 불교를 믿었다. / 금과 철을 다루는 기술이 뛰어났다.

1 황룡사는 선덕 여왕이 아니라 진흥왕 때 지은 것이며, 이곳에는 신라의 세 가지 보물 중 두 가지인 장륙존상과 황룡사 9층 목탑이 보관되어 있었습니다.

3 인도에서 만들려다가 여러 번 실패했던 불상을 신라에서 성공한 것을 통해서 당시 신라 사회에 대해 짐작할 수 있는 사실을 써 봅니다.

4주 121쪽

1 ④ 2 (2) ○ (3) ○ (4) ○ 3 예 (1) 향수, 화장품, 가락지, 머리 장식 등 (2) 여왕이므로 자신의 외모를 가꾸는 데에도 신경을 많이 썼을 것이라고 생각했기 때문이다.

2 경주 분황사 모전 석탑은 지금은 3층만 남아 있지만 원래는 9층이었다는 기록이 있습니다.

3 실패, 바늘, 구슬, 가위 등은 여왕을 상징하는 물건들입니다. 그 밖에 여왕을 상징할 만한 물건을 떠올려 까닭과 함께 써 봅니다.

4주 123쪽

1 (1) ○ 2 불교 3 해설 참조

3 여러분이 그리고 싶은 불상의 모습을 떠올려 보고 자유롭게 그려 봅니다.

예

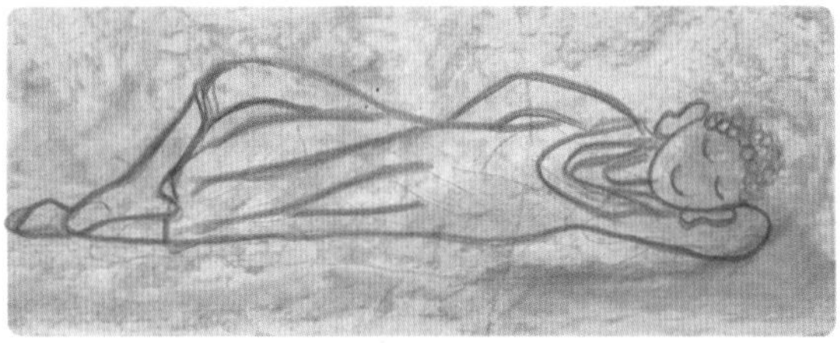

4주 125쪽

1 (1) ㉡ (2) ㉢ (3) ㉠ 2 ㉢ 3 예 왕에게는 백성을 보호하고 나라를 지킬 의무가 있다. 그런데 자신의 의무를 다하지 못하고 잔치를 베풀다 적이 쳐들어오는 줄도 몰랐다는 것은 부끄러운 행동이라고 생각한다.

3 적이 쳐들어오는 상황에서 경애왕이 잔치를 베풀고 있었다는 것 자체가 타당성이 없다는 견해도 있습니다. 하지만 만약 그게 사실이라면 왕으로서 올바른 행동이라 할 수 없습니다. 경애왕의 행동이 어떤 점에서 잘못되었는지 타당한 까닭을 들어 비판하는 글을 써 봅니다.

4주 127쪽

1 (1) X (2) X (3) ○ (4) ○ 2 ㉠ 고구려, 주몽 ㉡ 신라, 박혁거세 ㉢ 가야, 김수로 3 예 나라를 세운 왕은 하늘이 보낸 특별하고 위대한 존재라는 의미가 담겨 있을 것이다. / 왕은 하늘이 보낸 특별한 인물이기 때문에 존경하고 따라야 한다는 의미가 담겨 있을 것이다.

1 경주 서출지는 남산 기슭에 있는 큰 연못이며, 경주 나정은 박혁거세가 태어났다고 전해지는 우물입니다.

3 알은 태양을 상징합니다. 따라서 알에서 태어난 임금은 태양신 또는 하느님의 아들이라는 뜻이 담겨 있습니다. 또한 옛날에는 하늘을 오르내리며 날아다니는 새를 하늘의 뜻을 전하는 신비로운 존재라고 생각하였습니다. 이처럼 새가 알을 낳기 때문에 알에서 태어난 사람을 특별한 존재로 여겼습니다.

4주 129쪽

1 ㉠ 경주 명활성 ㉡ 남산신성 2 ③ 3 예 여자라는 이유로 왕위에 오를 수 없는 것은 아니라고 생각했기 때문일 것이다. / 여자라는 이유만으로 신하가 왕을 인정하지 않으면 나라가 안정되지 못하고 혼란에 빠질 것이기 때문이다. / 왕이 되기 위한 조건으로 남녀의 성별이 중요한 것이 아니라 왕으로서의 자질이 중요하다고 생각했기 때문일 것이다.

3 김유신은 무열왕과 문무왕을 도와 삼국을 통일한 장군입니다. 그만큼 신라를 위해 헌신한 인물입니다. 그런 김유신의 입장에서 비담의 난을 진압한 까닭을 생각하여 써 봅니다.

4주 131쪽

1 ④ 2 ② 3 예 문화재의 올바른 보수 방법은 시간이 걸리더라도 먼저 문화재가 가진 특징과 가치를 잘 살핀 뒤 문화재가 훼손되지 않는 방향으로 보수해야 한다고 생각한다.

2 경주 첨성대는 선덕 여왕 때 만들어진 것이므로 삼국 통일 이전의 문화재입니다.

3 문화재의 올바른 보수란 문화재의 가치를 훼손하지 않는 방향으로 이루어져야 합니다. 그러기 위해서는 그 시대의 과학이나 가치관 등을 바르게 이해해야 합니다.

4주 132~133쪽 되돌아봐요

(1) 박혁거세, 경주 나정 (2) 경주 월성 (3) 경주 미추왕릉 (4) 경주 명활성 (5) 황룡사 (6) 천마도 (7) 선덕 여왕 (8) 경주 첨성대 (9) 김대성

4주 135쪽 **궁금해요**

예 나라면 아무리 부처님의 뜻이라 해도 탑을 짓는 것을 포기하고 당장 고향으로 돌아갔을 것이다. 자신의 손으로 나라를 멸망시킬 탑을 세우는 것은 옳지 않다고 생각하기 때문이다.

- 아비지처럼 여러분이 하는 일이 나라에 해가 되는 일이라는 것을 알았다면 어떻게 행동했을지 써 봅니다.

4주 137쪽 **내가 할래요**

예 (1) 황룡사 지구에는 황룡사 터와 경주 분황사 모전 석탑이 속한다. 황룡사는 현재 터만 남아 있지만 그것만 보고도 당시의 규모가 얼마나 컸는지 알 수 있었다. 또 경주 분황사 모전 석탑은 선덕 여왕을 위해 만들어진 탑으로, 매우 아름답고 웅장한 석탑이었음을 짐작할 수 있었다. (2) 남산 지구에는 많은 불교 유적과 경주 나정, 경주 포석정지, 경주 배동 삼릉, 경주 내물왕릉, 경주 서출지 등의 유적지가 속한다. 남산의 많은 불상과 석탑을 보고 신라인들에게 불교가 얼마나 중요한 종교였는지 깨달았다. (3) 산성 지구에는 경주 명활성이 속한다. 경주 명활성은 왜구와 자주 전투가 벌어졌던 곳으로 비담의 반란이 일어난 곳이기도 하다. (4) 경주 불국사와 경주 석굴암 석굴은 경주 역사 유적 지구는 아니지만 유네스코 세계 문화유산으로 따로 지정된 소중한 문화재이다. 경주 불국사와 경주 석굴암 석굴을 둘러보고 우리나라의 문화유산이 얼마나 우수한지 깨달았다. (5) 신라 시대에 우리나라가 매우 뛰어난 문화를 가지고 있었다는 사실에 자부심을 느꼈다. 또한 그런 우수한 문화를 바르게 보전하지 못하였다는 부끄러운 마음도 들었다. 앞으로는 나부터라도 우리 문화에 대한 자부심을 가지고 우리 것을 소중히 지켜 나가려고 노력해야겠다.

- 직접 경주에 현장 학습을 다녀와서 현장 학습 보고서를 작성하면 좋습니다. '지붕 없는 박물관, 경주 역사 유적 지구'를 읽고, 현장 학습 보고서를 충실하게 써 봅니다.